当代博物馆丛书

动物
博物馆

DANG DAI　BO WU GUAN
CONG SHU

DONG WU　BO WU GUAN

（豫）新登字 03 号

主　　编	钱燕文	王林瑶		
副 主 编	潘树清			
策划组织	王　卫	韩　冰		
编　　委	于延芬	王春光	王林瑶	
	刘兰英	刘素霞	幸兴球	
	钱燕文	诸中英	潘树清	
版式设计	诸中英	郭潇潇		
责任编辑	韩凤葛			
美术编辑	王翠云			

出　版　河南教育出版社
发　行　河南省新华书店
承　印　深圳新海彩印有限公司
　　　　880×1230毫米　大16开本　　13印张
　　　　1995年12月第1版　1997年7月第3次印刷
　　　　印数：1－5,000册
书　号　ISBN7－5347－1393－5/Z·53
定　价　68.00元

出 版 说 明

　　为了弥补我国文博事业之不足，提高全民族的文化素质，普及科学文化知识，很久以来，我们一直想为广大读者，特别是少年儿童，出版一套以真实图片为主的知识读物，让读者既能读到丰富的知识，又能直观地感知客观世界与人类文明。《当代博物馆丛书》的正式出版，实现了我们这一夙愿。

　　《当代博物馆丛书》共分 10 册，包括《天文博物馆》、《地理博物馆》、《植物博物馆》、《动物博物馆》、《海洋博物馆》、《航空航天博物馆》、《水陆交通博物馆》、《艺术博物馆》、《社会历史博物馆》、《体育博物馆》。这套书以精美真实的彩色图片为主，配以丰富生动的文字，科学系统地介绍自然、社会与艺术知识，展示当代的科学技术成果和艺术珍品，描绘科学技术与社会发展的历史进程，讲述著名科学家、艺术大师及其他著名历史人物的生平轶事。《当代博物馆丛书》就像一个个知识画廊，打开这些书，就如同走进了自然、社会、科学与艺术的博物馆，在这里你能遍览今日，回顾历史，展望未来。

　　我社策划、组织、出版这套书，历时四载。在这四年中，我们投入了大量的资金和精力，得到了中国科学院有关研究所、中国社会科学院、中国艺术研究院、北京天文馆、交通部科技信息所等单位的专家学者和热心教育事业的仁人志士的鼎力相助，尤其是那些参与创作的中青年学者，他们为之竭尽全力，花费了很多心血。在此，我们真诚地表示感谢！

　　我们相信，《当代博物馆丛书》一定能为普及科学与艺术知识、传播人类优秀文化，为少年儿童的健康成长，起到促进作用，一定会受到广大读者的喜爱。

河南教育出版社

1995 年 6 月

目　录

步入神奇的动物王国

在我们生活的这个地球上，光是地表就显得五彩缤纷。我们生活的范围称为生物圈，这个范围包含着我们自己、所有生物以及赖以生存的自然环境。地球的表层是由大气圈、水圈和岩石圈构成的，这三圈中适于生物生存的范围就是生物圈。在大气圈中，有些细小的生物受到气流的带动而升至高空，有些菌如细菌和真菌可达 22000 米的高空；水圈中生物几乎无所不在，在深达 11000 米的深海中生存着深海生物；岩石圈中最深处可达地下 3000 米。但就地球来讲，生物圈的厚度只占薄薄的一层。

地球上现存的生物估计在 450 万种以上，已经绝灭的种类更多，估计也在 1500 万种以上。那么，现存的动物有多少种呢？迄今所知约有 150 万种以上，还有许多尚未被我们发现的种类。就动物身体的大小而言，悬殊很大。原生动物是由单个细胞构成，许多原生动物要借助于显微镜才能看到它；最大的动物当属蓝鲸，体长可达 30 多米，体重 190 吨。

北美洲驯鹿群每年春天循着千百年的古老路线，从僻冬的林地迁移到冻原的繁殖生长区。

1

什么是动物

动物属于真核生物，与植物、微生物共同组成生物。

动物一般能自由活动，不能将无机物合成为有机物，而只能以碳水化合物和蛋白质为食物。更简单一点，从营养方式上与其它生物或有机物相比较，动物是以生物或有机物来获取营养，为异养式生物。与植物，尤其是低等植物的最大区别在于植物是以光合作用的自养方式来取得营养的。

什么是生命

动物是生物中的一大类群，我们称之为动物界。动物既然是生物，也就是有生命的，所以，我们首先要了解生命。

在生活中我们不难区分什么是有生命的和无生命的，可要给生命下个科学的定义，那就很难了。

我们认为：从生命的一般特征的角度来讲，生命是一个具有与环境进行物质和能量交换（新陈代谢）、生长繁殖、遗传变异和对刺激作出反应的物质系统（个体）。

生命的起源

我们居住的地球，据测算已有46亿年的历史了。通过科学家们的研究可以判定，地球之初，是没有生命存在的，更没有生物。但是生命的出现也已有相当长的历史了。

我们知道生物的最基本的组成物质是有机物——氨基酸。科学家们在古老的岩石层里曾经发现有机物的痕迹，如在格陵兰西南部伊苏瓦地区的沉积岩（38亿年前）中发现一些有机物的微结构（这些结构后来已被证明可以在水面放电的条件下产生）。本世纪70年代末，澳大利亚学者在澳洲西部诺思波尔地区的瓦纳伍纳群地层（35亿年前）的燧石中发现了一些丝状微体化石。这些发现说明至少在35亿年前地球上已有生命存在了。

对于生命的起源有着多种假说，一般说来，最早是无机化合物形成的有机化合物——碳氢化合物及其最简单的衍生物，然后发展成为复杂的有机化合物——糖、核苷酸、氨基酸、核酸和蛋白质，以及其它有机物质；随着自然条件的演变，这些物质进行复杂的相互作用，最后产生出具有新陈代谢，能生长、繁殖、自我复制、遗传、变异等特性的原始的生命物质。这是个由简单到复杂的过程，这个过程经历了10多亿年。

最初的原始生命物质，可以说是一个物质团，而后形成了一层膜把物质团与团外物质隔离开来。就是这层膜把生命物质包起来，自成一个小天地，与外界隔离，外界的物质通过膜进入里面，里面的物质通过膜来到外界。有了这一层膜形成了细胞，先是有了没有核膜的原核细胞，最终成为具有核膜的真核细胞。

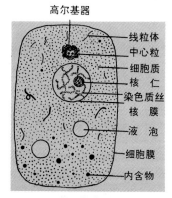

动物细胞模式图
A. 显微结构

细　胞

细胞是生物的基本单元，它能够表现出各种生命现象。

1665年，英国物理学家、天文学家胡克（Robert Hooke）用自制的显微镜观察栓皮（俗称软木）薄片，发现它是由许多蜂窝状的小室构成的，于是他把这种小室称为细胞（cell）。

电子显微技术的应用，揭示了细胞的微细结构和各种细胞器，使人们对细胞的认识从显微水平发

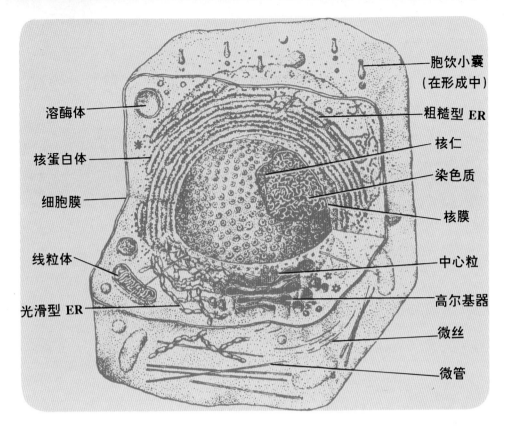

溶酶体

核蛋白体

细胞膜

线粒体

光滑型 ER

胞饮小囊（在形成中）

粗糙型 ER

核仁

染色质

核膜

中心粒

高尔基器

微丝

微管

B. 亚显微结构立体图

展到亚显微水平。同时结合 X 射线衍射法、放射自显影术和同位素示踪等技术，在分子水平上进一步阐明了细胞的结构与功能的某些关系。

原核细胞的主要结构有细胞膜、细胞质，和一条裸露的 DNA（脱氧核糖核酸）双链所构成的拟核。拟核没有与细胞质分隔的界膜（核膜），这是与真核细胞的主要区别。

真核细胞的结构要比原核细胞复杂得多。真核细胞除具有细胞膜、细胞质和细胞核（具核膜）外，在细胞质内存在许多细胞器，例如线粒体、高尔基体等。真核细胞起源于原核细胞。

古生物学资料表明：原始生物出现在 33 亿年前，自养性原核生物（蓝藻）出现在 30 亿年前，原始真核生物（藻类）出现在 16 亿年前，而化石则见于距今 9—19 亿年的地层里。

分子生物的研究证实了原核细胞和真核细胞在蛋白质的合成、遗传控制的中心法则和遗传密码中的通用性，说明其在进化上的共同起源。

细胞膜、原核细胞的出现是生命进化过程中的一次飞跃，而真核细胞的出现则可谓生物进化史上又一次重大突破。它标志着生命历史从早期阶段进

入到中期阶段，是生物向多样化和复杂化发展的依据。

真核细胞的出现，推动了以下三大进展：

1. 有性生殖的出现——变异机制的发展；
2. 动植物的分化——三极生态系统的形成；
3. 多细胞体型的产生——生物机体的复杂化。

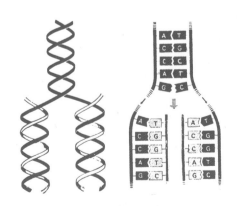

DNA 结构及复制示意图

非洲草原湖泊地区的火烈鸟、其体形像鹤，腿桔红，嘴似镰刀，主食湖中软体动物、小鱼和藻类。

E·迈尔〈Ernst Mayr 1904— 〉

原籍德国，后在美国多年入美国籍。30 年代初去美国，在美国博物院任职。后辞去博物院院长之职，去哈佛大学任 Alexander Agassig 讲座教授，并兼任多所大学客座教授。1975 年退休，被授予哈佛大学终生名誉教授。迈尔还是美国科学院院士，19 个外国学会的名誉会员或通讯会员；曾先后 9 次被美国其他大学及国外大学授予名誉博士学位。

迈尔长期从事动物学（特别是鸟类）研究与教学工作，著述甚丰，曾发表论文 500 余篇，重要著作有：《系统学与物种起源》（1942），《系统动物学的原理与方法》（1953），《物种问题》（1957），《动物种与进化》（1963），《系统动物学原理》（1969），《种群，物种与进化》（1970），《进化与生命多样性》（1976），《进化生物学》（1981），《生物学思想发展的历史》（1982），《生物学的新哲学》（1988）等。

迈尔不仅是国际学术界公认的进化生物学权威，而且还是综合进化论的积极创导者之一。

动物的分类

我们把每一种动物称为"物种"，每一个物种都有它们的特征。识别种类是分类学的第一步。

分类的另一个作用，是把各种具有共同特征的动物，分门别类地归纳起来，显示各类动物的发展及其亲缘关系。

分类系统也可以说是阶元系统，通常包括 7 个主要级别：种、属、科、目、纲、门、界。种是基本单元，近缘的种归为属，近缘的属归为科，如此归合，科隶属于目，目隶属于纲，纲隶属于门，门隶属于界。近代分类学随着研究的发展，分类层次不断增加，通常种下分类，动物只设亚种。

什么是种（物种）

物种是指一个动物群（或植物群），所有成员在形态上极为相似，以致可以认为它们是一些变异极小的相同的有机体，它们之中的各个个体（或成员）之间可以进行正常交配并繁育出有生殖能力的后代，也就是生物繁殖的基本单元。

分类学上当前流行的种的定义，就是以种群（即一群成员）为单元的 E·迈尔定义："物种是由自然种群所组成的集团，种群之间可以互相交流繁殖（实际的或潜在的），而与其它这样的集团在生殖上是隔离的。"这个定义是以生殖隔离为标准的，但只适用于有性物种，而不适用于无性物种和化石物种。对于无性物种和化石物种，一般是从特征的间断程度来判断种类的划分。比较笼统的定义是："物种是生命系统线上的基本间断。"这个笼统的定义，可以适用于一切物种。

穿山甲

动物的名称

自古以来，各个地方的居民对常见的且与生活有关的动物都有一个名称，但同一种动物往往因不同地而名称不一样。例如鸟类中的黄胸鹀，在河北省人们叫它黄胆，在东北人们叫它老铁背、黄肚囊、黄豆瓣，在武汉人称麦黄雀，到了广东叫禾花雀。如果北方人和南方人在一起各说各的名，都不清楚对方说的是什么鸟，因此就有统一名称的必要。就世界范围来说就更有必要了。

瑞典博物学家林奈（Carl Von Linné）的著作《自然系统》一书，在1758年的第10版中首次采用双名命名制，也称二名法，把过去紊乱的动物名称和植物名称归于统一。这也是他一生的最大贡献。

动物和植物的名称采用拉丁文，我们通常称其为拉丁学名，用拉丁文命名已获世界各国生物学界认同。拉丁学名采用双命名制，现举例说明：

大山雀，拉丁学名的写法是 *Parus major* Linnaeus 1758，第一个字是属名，后一个字是种名，在印刷文献中，用的是斜体字。第三个字是命名人，命名人除林奈等少数人以外都不应缩写，印刷时用正体，所谓命名人就是为这一物种定名的人。因为林奈创用拉丁名，他把自己的名字也拉丁化了，把 Linné 写成 Linnaeus。最后是命名的时间。

分类名称要求稳定，一个种只能有一个名称，上面举的这个例子是分类学的正规写法，为简便，一般写法就把命名人和时间都省略了。

有些种类分布很广，又有地域上的形态变异，我们称之为地域亚种。亚种的学名写法是（仍以大山雀为例）：*Parus major kapustini* Portenko 1954，中文名称为大山雀东北亚种，第三个字即为亚种名，也应是斜体。这个亚种名是 Portenko 首提出的。*Parus major tibetanus* Harferf 1910，中文名称为大山雀青藏亚种。

从林奈以来一直把生物分为两大界，即动物界和植物界，随着科学的发展，分成两界存在着不少问题，到了19世纪60年代又分为三界，即动物界、

云豹

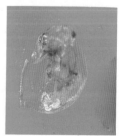

枝角类（水蚤）

植物界和微生物界。到了 20 世纪，以生命的发展历史中的重要阶段为依据，提出了五界系统和六界系统。

1969 年，美国 R. H. 惠特克（R. H. Whittaker）提出五界系统。他把细菌、蓝菌等原核生物划为原核生物界，把单细胞的真核生物划为原生生物界，把多细胞的真核生物按营养方式划分为营光合自养的植物界、营吸收异养的真菌界和营吞食异养的动物界。中国生物学家陈世骧于 1979 年提出六界系统。这个系统由非细胞总界、原核总界和真核总界三个总界组成，代表生物进化的三个阶段。

生物分界的两种划分法

五界系统	六界系统
Ⅰ原核阶段	Ⅰ非细胞生物
1. 原核生物界	1. 病毒界
Ⅱ真核单细胞阶段	Ⅱ原核生物
2. 原生生物界	2. 细菌界
Ⅲ真核多细胞阶段	3. 蓝藻界
3. 植物界	Ⅲ真核生物
4. 真菌界	4. 植物界
5. 动物界	5. 真菌界
	6. 动物界

李时珍（1518—1593）

　　字东壁，号濒湖，湖北蕲州（今蕲春）人。为明末医药学家和博物学家，他家世代业医，祖父是走街串巷的"铃医"；父李言闻也是一个医生，在当地颇有名气。李时珍自幼即好读医书，又常随父上山采药，获得不少动、植物和医药知识。14 岁时考中秀才，以后 3 次参加举人考试均未考中。

　　李时珍幼时体弱多病，乃穷搜博采，历时 30 年，阅书 800 余家，撰著《本草纲目》，三易其稿，增加 374 种药，全书 52 卷计 190 余万字，集方 8160 首，附图 1160 幅。总结了明代中期以前的药物学知识和用药经验，纠正了许多错误，把中国的医药学提高到一个新的水平。

　　李时珍还发展了中国古代传统的动、植物分类方法。在《本草纲目》中将所有的动物分为：虫、鳞、介、禽、兽和人等 6 部，部以下又分类。在各类之下分别记述若干种动物。

　　1596 年，《本草纲目》出版，以后翻刻了几十次，促进了中国医药学的发展和对动、植物的研究。后传入日本，又传至欧洲，并被译为日、朝、德、法、英、俄、拉丁等多种文字，对世界医药学和博物学的研究产生了很大影响。

蜂鸟

东北虎

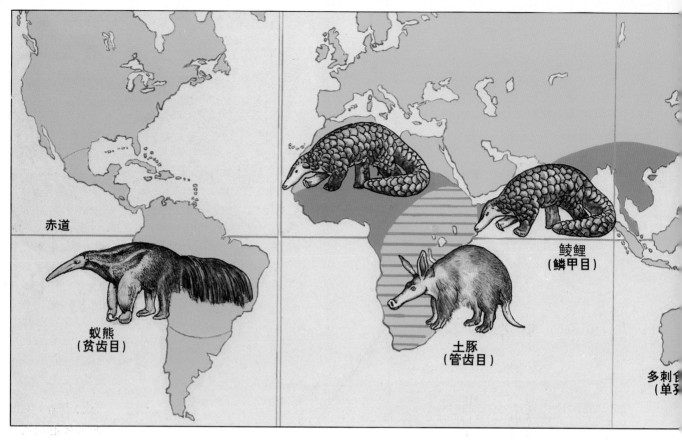

赤道

蚁熊
（贫齿目）

鲮鲤
（鳞甲目）

土豚
（管齿目）

多刺食
（单孑

动物的分布

如果到距离相隔较远的地方，或者去登山，就会发现动物的种类有了变化，特别是登山，这种变化就显得更明显。

环境变了，动物的种类也会有所不同，也就是说每一种动物在一定的生活区里生活。例如狮子主要分布在非洲和亚洲的西南部，最东到印度西部，它们栖息在热带的草原和荒漠地带，更喜居于近水源的地方；老虎则分布在亚洲的中部和东部，栖居于山林、灌木与野草丛生的地方；而豹的分布较狮、虎更为广泛，它们栖居于山地丘陵、荒漠和草原，尤其喜欢在茂密的树林中，常隐蔽在树上窥猎食物。这三种动物栖息地的差别，反映出其分

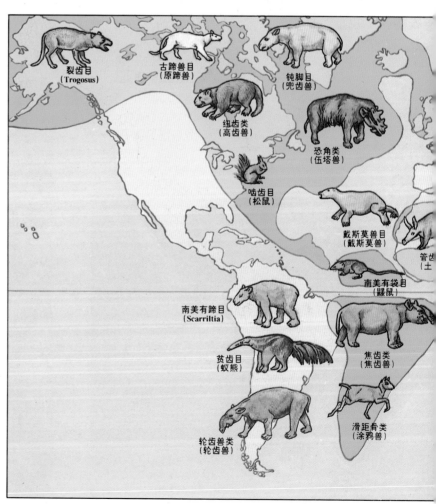

裂齿目
（Trogosus）

古蹄兽目
（原蹄兽）

钝脚目
（兜齿兽）

纽齿类
（高齿兽）

恐角类
（伍塔兽）

啮齿目
（松鼠）

戴斯莫兽目
（戴斯莫兽）

管齿
（土

南美有袋目
（鼹鼠）

南美有蹄目
（Scarriltia）

贫齿目
（蚁熊）

焦齿类
（焦齿兽）

滑距骨类
（涂鸦兽）

轮齿兽类
（轮齿兽）

亲缘关系甚远的四种食蚁类，营同样的生活，它们相似的习性证明了生物进化过程中的适应辐射。南美热带的蚁熊归于贫齿目。非洲的土豚属管齿目唯一的种。亚非大陆均有发现的鲮鲤是鳞甲目。澳大利亚的多刺食蚁兽则属于很原始的单孔目。

布是有一定规律的。

从动物的分布，了解这些动物的生活环境，能够获知当地的自然环境。犀牛是一种古老的动物，在地球发展历史的第三纪时，犀牛甚为繁盛，分布遍及欧、亚大陆和美洲；到了第四纪更新世时，中国还有犀牛的分布，如分布在华北的板齿犀，分布在华北的披毛犀，广布于华南的中国犀，这些犀牛在几千年前均已绝迹。现代犀牛的身体粗壮，特点是皮肤粗厚，身上毛很少，有点像古代武士身上披的甲胄。犀牛生活在热带、亚热带潮湿的密林

地带。它怕太阳暴晒，所以经常在沼泽及泥塘处水浴或泥浴。从犀牛的生活习性、栖息地再结合它们的历史和现代分布，我们可以推测：在第三纪时，气候要比现在温暖，但到了第四纪更新世时有披毛犀出现，显示出我国的东北和华北一度气候比较寒冷。

还有许多小型动物例如原生动物可用作环境监测或某些特定环境的指示动物。显而易见，研究现代和古代动物的分布，以及决定这种分布的因素和规律，对于物种的形成过程有重要的理论意义。在实践上，对狩猎、渔业、农业、林业，对寄生虫和携带传染病病原体的动物的研究，以及对自然保护、利用、驯化、改造动物区系等工作都有指导意义。

地球表面最大的景观是水域和陆地，几乎所有动物都离不开这两大景观。从动物的分布来看，生活在水中的水域动物区系要比生活在陆地的陆栖动物区系稳定得多，而陆栖动物区系则受地形、土壤、气候等多种因素的影响而复杂得多。

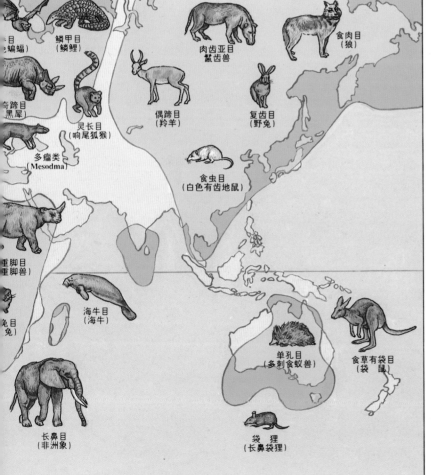

大陆漂移的结果使得分布在世界各地的哺乳动物的起源相互阻隔，从而形成了各大洲哺乳动物各自的特色。

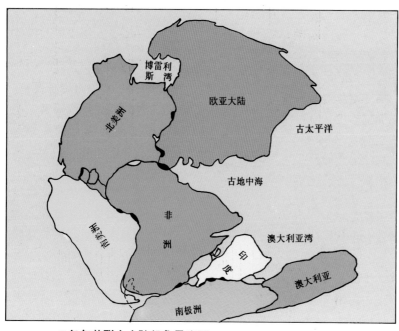

2亿年前联合古陆想象示意图

动物学家们根据各地动物区系结合其它影响因素把世界大洋划分为北极区、北太平洋区、北大西洋区、热带印度洋—太平洋区、热带大西洋区和南极区等六个水域动物地理区；把陆地划分为古北界（包括欧洲、亚洲喜马拉雅山脉和秦岭山脉以北、非洲北回归线以北地区）、新北界（北美洲及墨西哥的北部）、东洋界（亚洲的南部，包括印度半岛、中国秦岭以南、淮河以南地区、缅甸、马来半岛、中印半岛、大巽群岛、菲律宾群岛等）、热带界（包括亚洲西部北回归线以南的阿拉伯地区、非洲撒哈拉沙漠以南地区、马达加斯加岛及非洲沿岸小岛）、新热带界（包括墨西哥南部、中美洲及南美洲、西印度群岛）、大

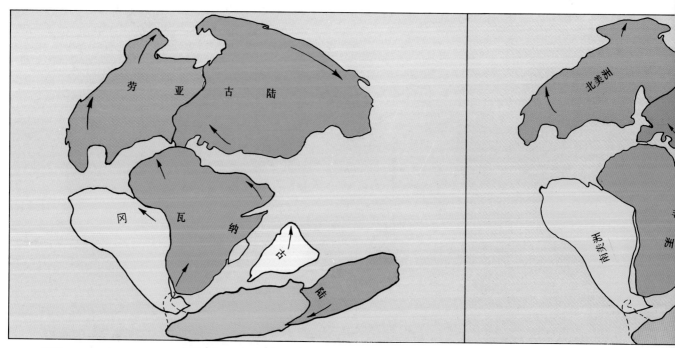

漂移2000万年后（即18000万年前三叠纪末期），北部大陆与南部大陆分离。印度被丫形裂谷切通而脱离。非洲、南美洲、南极洲和澳大利亚也分离了。↑示大陆漂移方向。

漂移6500万年后（即13500万年前伯扩大。南大西洋开始形成。

洋洲界（包括澳大利亚、新西兰、塔斯马尼亚岛、伊里安岛、夏威夷及南太平洋诸岛）等六个动物地理界。

动物地理界各有各的动物种类特点，而又有其共同点。从而引发了动物学工作者、地理学家对动物区系的起源研究的兴趣，并追溯地球大陆形成的历史。

目前，比较合理的解释是大陆漂移假说。在这个假说的基础上，加上大量的海洋地质、地球物理、海底地貌等资料的分析，于本世纪60年代提出了板块构造这一新的大地构造理论。这个理论推测，在古老的地球上原来只有一块大陆，其四周均为海洋，这块大陆就是原始大陆。后来，特别是到了中生代末期，这块大陆在天体的引潮力、地球自转的离心力作用下逐渐破裂，在硅镁层上分离滑动，从而形成了今日世界上大洲和大洋的分布状况。

大陆的破裂和分离滑动，使得陆生动物种间分布受到了阻隔。例如最低等的哺乳动物——单孔动物仅分布于澳大利亚和塔什马尼亚岛。如果我们按照大陆漂移假说来推测：早在2亿年前澳大利亚的位置还在非洲南部，到了1亿8千万年前非洲与南美洲、澳大利亚、南极洲各自分离，这样原来在澳洲发展起来的单孔动物的分布也就被限制在澳大利亚了。正是如此，形成了动物现今分布的格局，也为我们合理利用动物资源、保护动物资源提供了科学依据。

中华虎凤蝶

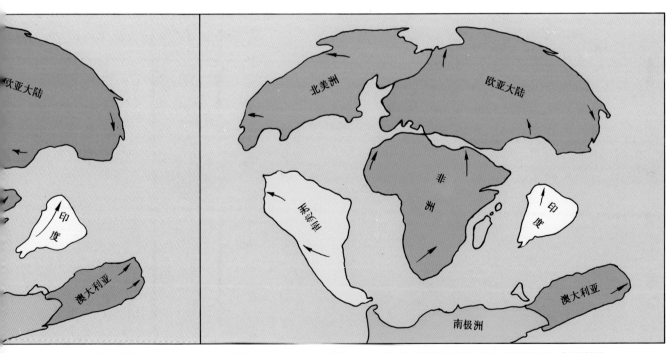

），北大西洋、印度洋大规模　　　　漂移13500万年后（即6500万年前白垩纪末期），南大西洋加宽，南美洲已与非洲分离，北大西洋伸展到格棱兰东侧。澳大利亚仍连在南极洲上。

中国两栖爬行类分布图

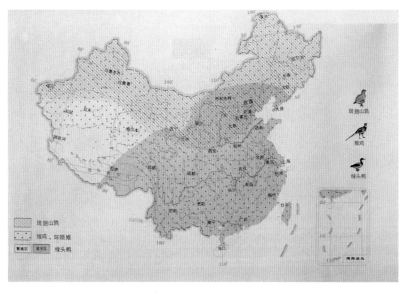

中国主要资源动物分布图

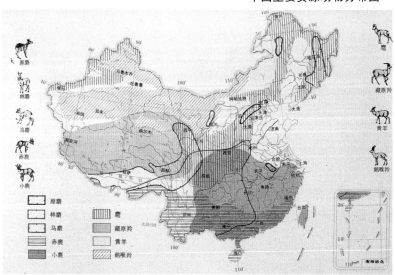

动物资源与保护

动物资源和其它生物资源一样,通过繁殖后代而得以永续利用。地球上的生物要素和物理要素,是人类生存所必不可少的。土地、水、空气是物理要素,生物(植物、动物、微生物)则是生物要素,这些在一定条件下是能被反复利用的,也叫做可更新的资源。

动物学家们估计目前地球上生活着150万种动物,其中昆虫约100万种,其它无脊椎动物40多万种,脊椎动物约5万种。而人类用作食物的,主要依靠约100种动物和植物所提供,而食物中的4/5则取自24种生物。说明绝大多数的生物资源有待于我们去研究,去开发。

中国素称地大物博,约有4000多种脊椎动物,约为世界总数的10%。其中鱼类2000多种,两栖类270多种,爬行动物300多种,鸟类1100多种,兽类400多种。

已被利用的动物除家畜、家禽以外,许多野生动物也早被我们利用。按其利用方式,可分为:

食用 几乎绝大多数种类的动物均可食用,最低等的食用动物海蜇属于腔肠动物。软体动物中食用种类更多,有蚶、蛏、鲍鱼等,棘皮动物中的海参,节肢动物中的虾、蟹等等,脊椎动物则更多了。

穿着用 当推哺乳动物利用得最多。把许多毛色美丽的哺乳动物的皮剥下来，经过加工制成各种皮裘服装，如貂、水獭等；有些种类如麂的皮可制成革做鞋；也用狼、熊、麂的毛皮制成褥子。

药用 野生动物入药，在中国可以往前推到汉代，药书《神农本草经》中已有记载。明代李时珍总结了中国药学研究成果，著《本草纲目》一书，把动物药材分为虫、鳞、介、禽、兽、人等六大类，除人以外，收录了药用动物364种。著名的药如麝香、蛇胆、蝎、蜈蚣、水蛭等。

饲料用 微形动物如原生动物、轮虫，甲壳纲中的枝角类、桡足类等均可作饲料。许多高等动物的内脏也是优质饲料。

科学试验用 除人们熟知的白老鼠、豚鼠以外，狗和灵长类都是常用的。近几十年来新开发（发现）的如树鼩、犰狳（用于研究麻风病菌）等。鲎，过去捕来仅供教学研究和食用或作肥料用，现在则提取鲎血作试剂（即用来检测细菌内的毒素）。除此，研究动物的结构与功能，还可以为工程技术提供新的设计思想及工作原理。例如从鸟类的飞翔到生产飞机，从蝙蝠的超声探测到雷达等等。

工业用 许多软体动物的贝壳可加工为工艺品，也可烧制成石灰供建筑业使用。珊瑚常用来作装饰品，也入药。鲸类的脂肪层很厚，提炼的鲸油在化学工业、食品工业及医药上均有广泛用途，鲸须可制成工艺品和医学器械，鲸肝油可作机器油或肥皂。

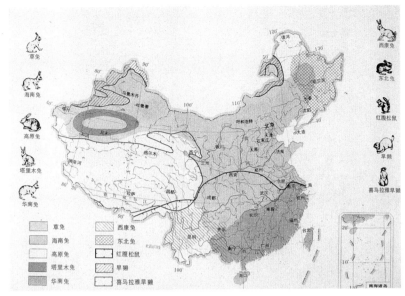

中国主要资源动物分布图

环颈雉

中国珍稀濒

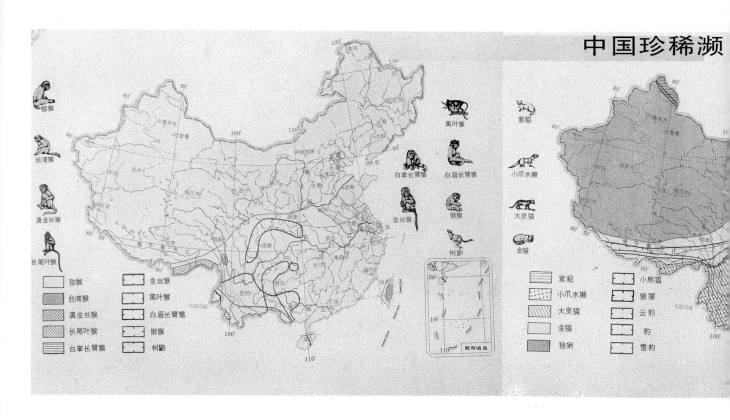

黑鹳

丹顶鹤

上面所说，仅仅是动物资源的直接价值，但是动物资源的间接价值就难以估价了。间接价值与生态系统的功能（环境功效）有关，它们的价值可能大大超过直接价值。直接价值通常源于间接价值，因为我们从动物所获得的利益来自它们的生存环境。例如在沙巴（Sabah，加里曼丹岛东北部）以种植丝树（Alzizia）为主要经济产业，高密度的野生鸟类抑制着毛虫的数量，不使成灾，而这种鸟类需要在热带雨林中营巢繁殖。没有生存条件，就没有动物。

保持环境的自然平衡的重要性更是难以估价的，最著名的例子要算达尔文在100多年前观察到的事例了。达尔文分析了红三叶草、土蜂、鼠和猫之间的复杂关系：红三叶草依靠土蜂来传播花粉，土蜂多

的地方红三叶草就茂盛。土蜂与鼠的数量有关，鼠喜欢吃土蜂的蜜和幼虫，鼠多的地方，土蜂窝受到严重破坏，红三叶草长得就不好。猫多的地方鼠就较少，土蜂也就多，红三叶草长得就茂盛。这样猫和红三叶草就联系起来了。红三叶草是极好的饲料，牲畜吃了它长得好，直接利益显著，猫和红三叶草之间的价值难以估价。

动物的栖息地还是保留不断进化的遗传物质的储备所，它们使得动物能够适应变化的环境条件，受保护的动物扩散到周围地区不断地为家畜提供遗传物质，未来价值更高。

发展中的国家特别容易滥用动物资源，因为它们大多数是农业国，大部分人口居住在农村，动物资源对这些国家的农村经济的发展很有

物分布图

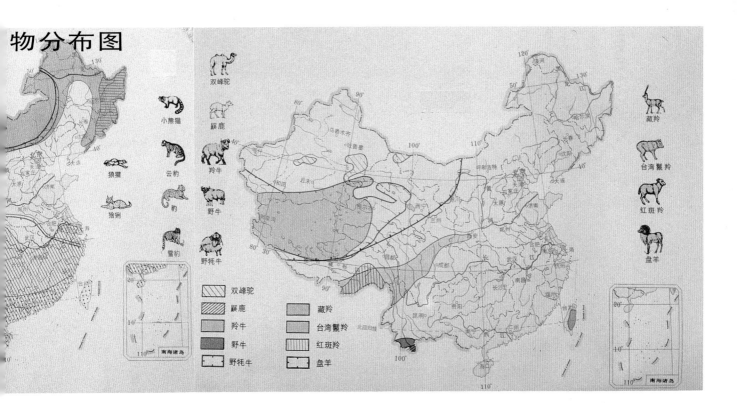

双峰驼
小熊猫
猕鹿
狼獾
云豹
羚牛
猞猁
豹
野牛
麝
野牦牛

藏羚
台湾鬣羚
红斑羚
盘羊

双峰驼
猕鹿
羚牛
野牛
野牦牛
藏羚
台湾鬣羚
红斑羚
盘羊

帮助。中国历史上就曾错误地认为野生动物是无主的，野生动物谁打就是谁的。中国在早期也曾提出过合理利用野生动物的观点和主张，但随着经济的发展而被淡忘了。

合理利用和保护好野生动物资源，必须避免过速地改变栖息地的环境；不要过度猎取，即掠取率不超过一个种群自然繁殖力所能承受的限度；化学污染，可能是当前对野生动物资源的主要威胁；气候变化则常与区域性植被改变有关；人口增长也是破坏资源的原因之一。保护好动物资源除以上所讲的，还要加强科学研究，提出合理利用率，加强对资源的管理。

白尾海鵰

长鬣蜥

刚出蛰的蝙蝠

动物的休眠

在寒冬的室外，没人听到青蛙的叫声，更没有人见到蛇和乌龟在地上爬，蜘蛛不再织网，蜻蜓不见了，伤害农作物的蝗虫和粘虫也没有了，这时它们都正在休眠。休眠是动物界较为常见的和较为普遍存在的生物学现象。动物休眠时生命活动处于极度降低状态，通常在恒温动物中表现为停止取食、不活动、进入昏睡、呼吸微弱和体温下降等；在变温动物中则表现为生命活动减弱以至几乎停顿。

休眠是动物对不利环境条件的一种适应。当它们遇到恶劣环境时，通过降低新陈代谢率进入昏睡状态，待外界条件有利时再苏醒活动。动物在休眠期间整个生命活动普遍减弱，体温一般降至 2—10℃，代谢、心跳、呼吸等都降到很低，血液中二氧化碳的含量显著增高，机体呈昏睡状态，甚至受到轻度伤害也不惊醒。因此，休眠动物的本身亦应具备必要的生理基础。

在体温降低时，休眠动物不但仍能维持机体内各种生理过程的协调作用，同时还要在机体内积贮一定数量的营养物质，作为休眠期能量消耗的物质基础。

在动物界有休眠习性的动物种类很多：无脊椎动物中的甲壳类、蜗牛等；多数昆虫；脊椎动物中的两栖动物、爬行动物，某些淡水鱼类以及少数鸟类和哺乳类。但是，比较常见的多为低等陆生脊椎动物，因为它们的代谢水平低，缺乏调温与保温机制。根据动物休眠的特点，可将其区分为冬眠、夏眠和日眠。引起动物休眠的因素甚多，一般来说，低温是冬眠的主要诱因（直接影响或间接通过对食物的影响），所有的冬眠动物在低于 0℃ 的环境中均不能存活；干旱及高温是夏眠的主要诱因（直接影响或间接通过对食物的影响），夏眠动物多生活在干旱和沙漠地区，如黄鼠等；食物的短缺则是日眠的主要诱因，如蝙蝠等。

在自然界，虽然所有的动物都在不停地产热，但因动物种类不同，所产生热量的多少也各异，动物的体温是由产热和失热条件所决定的。据此可将动物分为以下三类：

变温或外温动物 一般指除鸟类和哺乳类以外的动物，即产热小于丢失热量的低等动物。这类动物的体温随环境温度变化而变化，体温的提高主要靠吸收太阳的热量，俗称冷血动物。变温动物对温度的反应极为敏感，如气温低于 10℃ 时昆虫进入昏睡状态；8℃ 以下青蛙等开始入地；2—3℃ 以下蛇等进入昏睡状态。而水分又是许多变温动物进入夏眠及夏眠和冬眠复苏（出蛰）的重要影响因素。

恒温动物 主要指鸟类和哺乳类动物，它们的体温不受外界温度的影响，总是保持相对的恒定，俗称热血动物。但是刺猬的体温降到 32.5℃ 以下，即是出现冬眠的信号，入眠的后期体温约比环境温度高 1℃ 左右，证明温度变化是导致刺猬出眠和入眠的决定性因素。

异温动物 蜂鸟、蝙蝠、黄鼠等冬眠型动物在非冬眠季节里，其体温是恒定的，而在冬眠季节里体温则是可变的，故特称为异温动物。这类动物在非冬眠季节中其体温亦有 2—5℃ 的波动，并与亲缘关系相近的非冬眠型动物的体温相差 0.5℃ 左右。

熊类虽然也是异温动物，但它们的冬眠比较特殊，可以在 3 个月左右时间内不进食，呼吸频率降

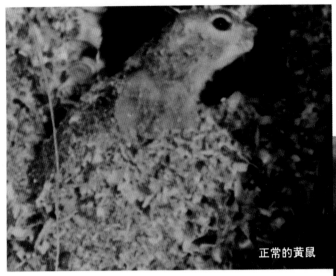

正常的黄鼠

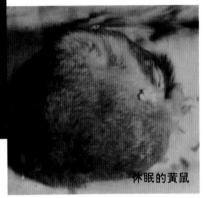

休眠的黄鼠

低到每分钟2—3次，体重消耗达25％，然而体温仍保持在35.5℃左右，一遇惊动能立即奋起自卫，所以常称之为局部冬眠或冬睡。

生存在温带和寒带地区的无脊椎动物和部分脊椎动物常见有冬眠现象。

恒温动物的单孔目、有袋目、食虫目、翼手目、啮齿目、灵长目的个别种类、褐雨燕及蜂鸟等，均具有冬眠行为。这类动物的体型较小而代谢率较高，与大型的恒温动物相比较要消耗更多的能量才能维持恒定的体温。具有冬眠习性的动物对低温的耐受能力比较大。人的致死低体温为29－26℃，大鼠为15－13℃，而具有冬眠习性的动物则可耐受接近0℃的低体温，甚至到超冷状态。如蝙蝠在体温降至超冷状态的－9℃仍可复苏，自动产热使体温上升到正常。这也是蝙蝠等异温动物区别于恒温和变温动物的重要特征。

变温动物到了冬季也呈麻痹状态，但是它们的体温随环境温度被动地变化，当温度降到可耐受温度以下时，便会被冻死。变温动物的这种行为与恒温动物的冬眠完全不同，我们称之为蛰眠。

对于昆虫而言，冬眠和休眠尚有区别。具有冬眠习性的昆虫在冬眠时期，一旦生活环境的气温上升，或者放到暖和的地方，在经过一定的恢复期后，它们就会照常活动。如果把这类昆虫养在温室里，只要温度、饲料等条件适宜，它们一年四季都能进行繁殖。而具有休眠习性的昆虫则不然，它们在冬天处于停止活动的状态更加稳定，即使外界环境条件较适合它们的活动，可是当它们发育到一定时期，则自然进入休眠状态而不轻易恢复活动。尤其是在冬季休眠的昆虫，必须在一定的低温下经历一定时间，才能结束休眠，并重新进行活动。不经过这个过程，外界条件再好，它们也不能恢复过来。如人们饲养的麦叶蜂，到4月下旬幼虫老熟之后，无论把它们饲养于何种优越条件下，它们都会入土作茧进行休眠。

研究动物的休眠在理论和实践中都有重大意义，如"活鱼干运"就是利用动物休眠理论来减少鱼类在长途运输中的死亡率；还有医疗实践中广泛应用的低温麻醉术等等。此外，掌握并控制休眠因素，亦将为病虫害的防治开辟新途径。

出蛰的四爪陆龟

虎斑蛙

无脊椎动物

王冠三叶虫

无脊椎动物这一名词是与有脊椎动物相对而言的，它包括除脊椎动物亚门外的所有动物。

这一大类动物的身体结构都比较简单、原始，中轴没有由脊椎骨所组成的脊椎，神经系统在消化管的腹面，心脏在背面。

无脊椎动物的种类非常庞杂，现存的种类至少有100多万种，也有人说有1000多万种，已灭绝的种类则更多。无脊椎动物已知有30余个门类。主要包括原生动物、海绵动物、腔肠动物、扁形动物、环节动物、软体动物、节肢动物、棘皮动物等。

无脊椎动物在进化上是比较古老的一类，地球上的无脊椎动物至少要早于脊椎动物1亿年，因为大多数的无脊椎动物化石见于古生代的寒武纪。

已知最古老的动物化石是在大约距今6.5亿至7.5亿年间形成的。通过已知化石资料和古生物学的研究，可将无脊椎动物的地质历史划分出几个时期，即前寒武纪、寒武纪、奥陶纪、志留纪和晚古生代、中生代和新生代。另外还发现生物发展史中有几次生物大灭绝的事件，特别是在中生代和新生代这一段时期里，大约每隔2.6－3千万年就发生一次生物灭绝事件。

在寒武纪早期就出现了原生动物、海绵动物、腔肠动物、腕足动物、软体动物、棘皮动物、节肢动物和一些尚未能明确分类鉴定的动物。晚寒武纪节肢动物中的三叶虫几乎遍布全世界。

到了奥陶纪，新的三叶虫代替了过去的三叶虫，具铰腕足类大量发生，笔石动物兴起，是这个地质时期的特征。苔藓虫、双壳类、海百合、海胆等也相继出现了。

志留纪时，三叶虫衰退，珊瑚、腕足类和苔藓虫最为繁盛。这时脊椎动物中的鱼类开始出现。

晚古生代时期三叶虫已经很少了。珊瑚、腕足类、腹足类、双壳类和头足类的数量激增。最早的昆虫化石出现于泥盆纪，腕足类和双壳类中均出现了淡水类型。

二叠纪末期，无脊椎动物受到一场生物大灭绝的影响，原来号称无脊椎动物时代的古生代到此结束，而被脊椎动物中的恐龙所取代，进入了中生代。

中生代，无脊椎动物中软体动物占优势，珊瑚、有孔虫、棘皮动物也还有相当数量；腕足类退化了，仅以小嘴贝类和穿孔贝为代表。软体动物中的双壳类和腹足类异常繁盛；菊石类和箭石类在海相动物群中占有重要的地位。

白垩纪则以脊椎动物中的恐龙的灭绝为标志，宣告中生代的结束。

新生代来临，脊椎动物中的哺乳动物兴盛；无脊椎动物则完全接近现代的种类。

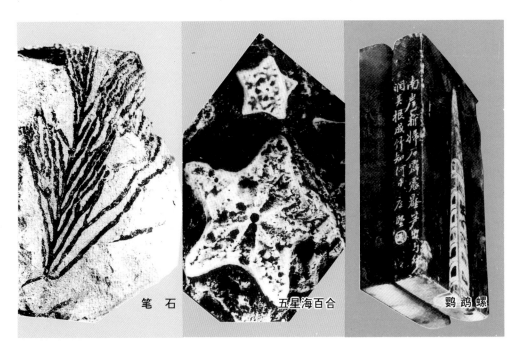

笔石　　　　　　　五星海百合　　　　　　鹦鹉螺

生物地质年表

代	纪	距今年龄（百万年）	化　石
新生代	第四纪	2	动物接近于现代，出现人类
	第三纪		哺乳动物兴盛，无脊椎动物接近于现代，有介形虫、有孔虫、腹足类、海胆、瓣鳃类、鹦鹉螺、珊瑚、藻类、腕足类
中生代	白垩纪	65	有孔虫、菊石、瓣鳃类、腹足类、箭石、海胆、介形虫、珊瑚、腕足类、藻类、陆上爬行动物大发展
	侏罗纪	135	有孔虫、菊石、瓣鳃类、箭石、腕足类、水螅类、大型爬行动物繁盛，出现了始祖鸟
	三叠纪	180	菊石、瓣鳃类、腹足类、箭石、鹦鹉螺、胸足类、苔藓类、水螅类、放射虫、鱼龙、牙形石、旋齿鲨
古生代	二叠纪	225	菊石、珊瑚、苔藓虫、腕足类、方锥石、瓣鳃类、舌羊齿、腕足及海百合类衰退、三叶虫及板足鲨灭绝
	石炭纪	280	瓣鳃类、腕足类、腹足类、方锥石、菊石、出现了原始爬行动物
	泥盆纪	350	笔石、单笔石、鹦鹉螺、瓣鳃类、淡水贝类开始出现、板足鲨、海百合类达到高峰、鱼类繁殖、出现了两栖动物
	志留纪	400	笔石、鹦鹉螺、珊瑚、三叶虫衰退、出现了原始鱼类
	奥陶纪	440	三叶虫、笔石及鹦鹉螺繁盛、腹足类、腕足类、海百合、出现了最早的脊椎动物（无颌类）
	寒武纪	500	除脊椎动物外，几乎所有的门类都有，最多是三叶虫，其次是腕足类
远古代	震旦纪	600	化石少
太古代			

石笔海胆

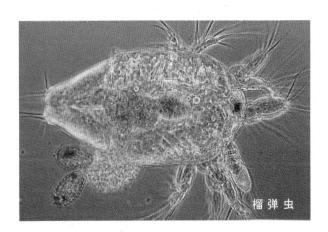

榴弹虫

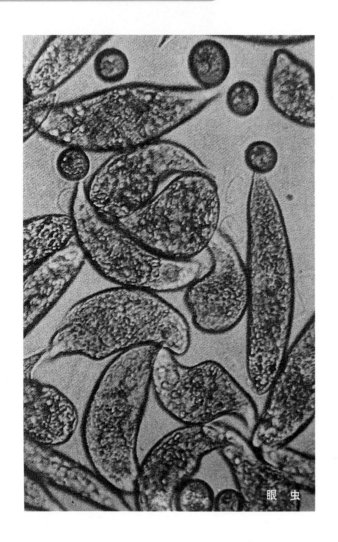

眼 虫

原 生 动 物

　　原生动物是无脊椎动物中的一大类，是最原始的类群。原生动物体积微小，整个身体由一个细胞构成，所以也叫做单细胞动物。这个单细胞具有运动、呼吸、排泄、生殖等一切生命功能。

　　原生动物包括肉足纲、鞭毛纲、纤毛纲、孢子纲等。变形虫是肉足纲的代表种类，它没有固定的形态，细胞膜很薄，由于膜内原生质的流动，体表任何部位都可以形成突起，即伪足。由此，虫体便不断向伪足伸出的方向移动；伪足可以把食物包围起来，同时还将一部分水分也包带进去，形成食物泡，并在食物泡内进行整个消化过程。

　　鞭毛虫是一类有固定体形，且具有一条或数条鞭毛，并用鞭毛进行运动的原生动物。它们的种类很多。眼虫就是这类动物的典型代表，它不仅具有鞭毛，而且在细胞质内还有大量卵圆形的叶绿体，其中含有叶绿素，像植物一样能在有光的条件下进行光合作用，自造养料，并且能和别的动物一样摄取

纤毛、鞭毛

　　从细胞表面伸出来的、能运动的突起。纤毛和鞭毛它们有相同的结构，主要由中央轴纤丝、围绕它的质膜和一些细胞质组成。一般鞭毛较长，数量少，纤毛较短而数量多。鞭毛运动时没什么规律，而纤毛运动是有节奏、有规律的。精子和原生动物的鞭毛或纤毛是运动器官。有些脊椎动物的食道、气管、输卵管等内壁上也有纤毛，起辅助吞咽和排泄等作用。

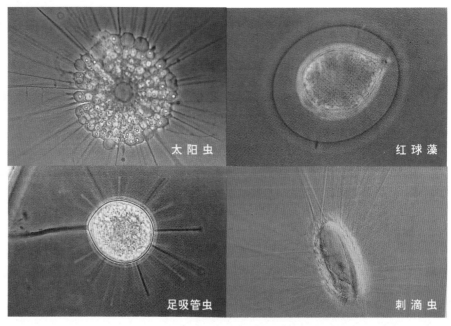

太阳虫

红球藻

足吸管虫

刺滴虫

食物。

　　草履虫和疟原虫是原生动物中的另外两大类。它们的身体结构和生活方式要比变形虫复杂和进步得多。

　　草履虫属纤毛纲。常见的种类形状像只倒置的草鞋，全身长满纤毛，有一条口沟斜向身体的中部，沟底有一个胞口，该处的纤毛又密又长，摆动有力，当草履虫游动时，全身纤毛有节奏地摆动，使虫体呈螺旋形线路前进。

　　孢子纲中有许多与我们关系密切的种类，如疟原虫，其生活史相当复杂，有世代交替现象。无性世代在人体内、有性世代在雌蚊体内进行。

　　原生动物和人类的关系密切，有的种类直接对人体有害，如疟原虫。在非洲、太平洋群岛和东南亚等地区每年因患疟疾而死亡的人数约100万。海洋中的赤潮就是由腰鞭毛虫大量繁殖而引起的，它分泌的毒素可以杀死鱼、虾、贝类。有孔虫和放射虫的化石可以鉴定地层的年代，对石油探测特别有价值。有些原生动物是水质污染的指示生物。由于原生动物结构简单、繁殖快，容易培养，如草履虫、变形虫等，是科研教学的极好材料。

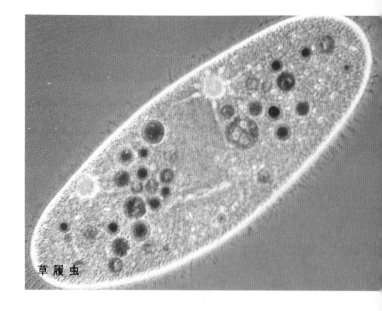
草履虫

辐射变形虫

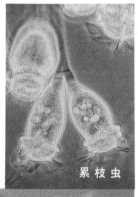
累枝虫

累枝虫群体

疟原虫的生活史

　　疟原虫是引起疟疾的病原体，目前已知的疟原虫种类有130余种。寄生人体的疟原虫有4种，即间日疟原虫、恶性疟原虫、三日疟原虫和卵形疟原虫。疟疾曾是一种广为流行的疾病。

　　人体疟原虫需要在人体和按蚊体内完成其生活史。感染疟原虫子孢子的雌性按蚊叮咬人时，子孢子随着按蚊的涎液进入人体血液，大约经过30分钟随血液进入肝细胞。子孢子在肝细胞内行无性生殖，经分裂、增殖，形成上万个甚至几万个裂殖子。

　　肝细胞破裂后，裂殖子进入血流中，其中有一部分被吞噬细胞吞噬掉，而另一部分侵入红细胞内。红细胞内的裂殖子经过几次分裂增殖后，部分裂殖子不再裂殖增殖。而是发育成雌性配子体或雄性配子体。当雌按蚊刺吸患有疟疾的病人血时，血液进入蚊子胃腔，几分钟内在蚊胃腔内雌、雄配子体形成雌雄配子，两性配子受精后形成能活动的动合子，至此完成了有性生殖。然后再进入孢子增殖阶段，形成成千上万个子孢子，这些子孢子随蚊血液又达到涎腺内，当蚊子再吸血时又传播给正常的人。

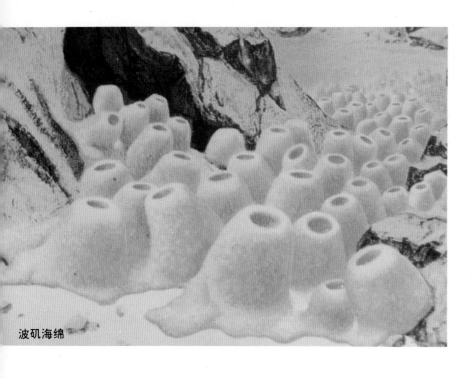

波矶海绵

欧氏偕老同穴

海绵动物

与原生动物相比，海绵动物是多细胞个体。因体壁上有许多小孔，所以又称多孔动物。

海绵体的结构简单，没有口，也没有消化腔，是最低等的一类多细胞动物。

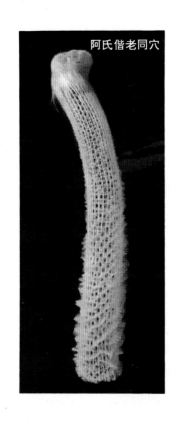

阿氏偕老同穴

海绵动物的体壁一般由内、外两层细胞构成。组成身体的每个细胞不能独立生活，其细胞已有初步的分工，即有些细胞已形成具有专门功能的细胞。如具有鞭毛的领细胞，鞭毛的不断运动，使体内的水流动，从而从水中获取食物；造骨细胞专门分泌制造各种骨针，小骨针通常是由一个变形细胞分泌制造；在生殖期内，领细胞能演变为生殖细胞，但不像更高等的动物那样具有特化了的生殖腺和生殖细胞（卵子和精子）。

海绵动物大多数生活在水里，至今已知的海绵动物约5000种。生活在淡水里的种类很少，只有一科约150种。

在海绵动物中有一种美丽的硅质海绵，称为"偕老同穴"，它是由与其共生的"俪虾"而得名。因为在它的原腔内，有一雌一雄一对小虾自幼就进入居住，而长大后被海绵骨针阻滞在内，再也不能出来，直至老死。

海绵的形态和体色多种多样，往往随依附着的物体而变化。成熟的个体无行动能力，固着生活。有些种类附贴在介壳上，是海产贝类养殖的敌害。淡水海绵大量繁殖往往会堵塞水道，造成危害。少数种类可供外科、印刷业和洗浴之用。地中海和墨西哥湾是出产沐浴海绵最著名的地方，过去曾用人工养殖的方法繁殖海绵以为人用，但现在这一材料已由人造海绵所替代。

珊瑚

红珊瑚

腔肠动物

腔肠动物又称"刺细胞动物"，约有1万种，全部水生，绝大部分生活在海水中，只有淡水水螅和桃花水母等少数种类生活在淡水里。水螅、水母、珊瑚虫是它们的代表种类。前面讲到的多孔动物体形多数是不对称的，而从腔肠动物开始，体形呈辐射状对称。腔肠动物身体由两层细胞组成，一层是胚胎发育中属于外胚层的细胞，另一层是属于内胚层的内层细胞。外层细胞覆盖在体外起保护作用，内层细胞组成腔肠，主要起消化作用。内外两胚层之间还有一层非细胞质的中胶层，是两层细胞的分泌物。水和食物均由口摄入，不消化的残渣也由这个口排出。在口周围环生着一定数目的触手，触手的数目也是分类的特征之一。外胚层和触手上还有一种特殊的细胞叫刺细胞，能翻出刺丝，放射毒素用以捕食或袭击敌害。饥饿的水螅身体和触手都能伸展，一遇到食物就迅速作出反应，把

活食物麻醉后送入口内。此类动物通常分为水螅型和水母型两种。水螅型主要在水底固着生活，极少数漂浮生活。水母型营漂浮生活。它们的生活史以无性生殖和有性生殖两种方式进行世代交替。

动物在进化的过程中，现在已经由体型不对称进化到对称体型；由二层细胞组成的身体进化为具有真正二胚层的动物。多孔动物（海绵）主要是有细胞分化，而腔肠动物不仅有细胞分化，而且开始分化出简单的组织（感觉细胞、消化细胞等）。

水螅个体

水螅群体

图中上部为珊瑚，下部背景处是海绵，前景是水螅。

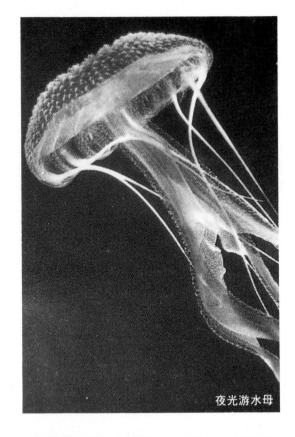

夜光游水母

白水螅

银币水母

世代交替

　　在生物中，特别是植物（动物较少）的生活史中，有性世代和无性世代有规律地互相交替出现，称之为世代交替。腔肠动物的生殖方式分有性生殖与无性生殖两种类型，其生活史有水螅型和水母型两个世代。水螅期体侧面生出芽体，芽体逐渐长大成熟，离开母体生成新水螅体。有的水螅体上生出一球状突起，突起渐渐长大，在球状芽体内先出现四条辐管和垂管，后于芽体顶端形成触手和缘膜，脱离水螅体成为自由游泳的幼水母体。雌、雄性水母体成熟后，精子和卵排于水中，受精卵经过不完全均等细胞分裂，形成囊胚，原肠胚，后幼虫发育成形，即为水螅体。这种水螅世代以无性生殖产生水母世代，水母世代又以有性生殖产生水螅世代的现象被称作世代交替。

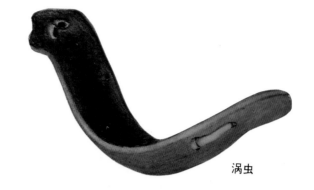

涡虫

蠕 形 动 物

　　扁形动物、纽形动物、线形动物、担轮动物等通称蠕虫类。这一大类动物一般体形延长，左右对称，是无脊椎动物进化过程中较高发展阶段的代表。

　　扁形动物中有许多种类过着寄生生活，如血吸虫、肝吸虫、肺吸虫等，这些都是已经特殊化了的类型。涡虫则是这一类群中最简单和最有代表性的动物，身体扁平。腔肠动物只有两个胚层，体型辐射对称，而扁形动物组成身体的细胞层，比腔肠动物多了一层肉质的中胚层细胞，是真正的三胚层动物。体型呈两侧对称，大大增强了动物的活动性，这是动物形体发展上一个重大进步。头部有脑，经脑后分出一对神经，沿身体的两侧向后延伸。扁虫是生物界中第一个有脑的动物。涡虫头部的背面有个被叫做眼的色素点，是高等动物头部感觉器官的先驱。扁虫还有比较复杂的生殖系统和在动物系统发育中第一次出现的排泄系统。

　　线形动物为蠕虫类中的低等动物，有一个口和大的肠腔，这是动物界中最早出现的一种体腔，比较原始，又称作初级体腔。它们种类多，数量大。淡水、海水及潮湿的土壤中都有分布。大多数种类自由生活，也有不少种类营寄生生活，使动植物患上疾病。如寄生在人、动植物体内的蛔虫、钩虫、蛲虫、线虫等，严重地危害着人体健康。

　　蠕形动物中的担轮动物，体小不分节，但体外有环纹，两侧对称，身体的一部分生有纤毛。如轮虫，头部具有一个能转动的轮盘，由1—2圈纤毛组成，这些纤毛有力地旋转着，形如车轮。这类动物很多，海水、淡水都有，是鱼类的天然食物之一。

纽 虫

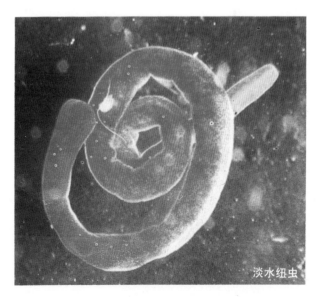

淡水纽虫

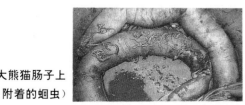

蛔虫（大熊猫肠子上附着的蛔虫）

火蚯蚓

日本医蛭

医 蛭

医 蛭

环节动物

蚯蚓、沙蚕、水丝蚓、蚂蟥常作为环节动物的代表，它们由体节组成。体节是此类动物的特征，这也是无脊椎动物进化过程中的重要标志。沙蚕的体节两侧突出成具有刚毛的疣足，用来移动身体，能游泳，除少数种类外，大多海产。既可供人类食用，又是水产动物的饵料。

水丝蚓的身体细长，红褐色。栖息于沟渠、水田中，常作鱼类的食饵。在水田中也常危害秧苗。

蚯蚓，中医药称地龙，也有人叫曲蟮。蚯蚓的整个身体由体壁和肠壁构成。在体壁和肠壁之间是长而宽广的体腔，体腔内有体腔液和其它器官。蚯蚓除作药外，还用于改良土壤，处理垃圾，又可作

为家禽和鱼类的饵料，人类也可食用。住在新西兰的毛利人视蚯蚓为佳肴；美国食品公司将蚯蚓做成饼干、面包、蛋糕的添加剂。蚯蚓也有有害的一面，它能危害植物的幼苗，破坏河岸，又是某些寄生虫的中间宿主。

水蛭通称蚂蟥，是一类高度特化了的环节动物。大多数种类生活在淡水中，少数为海水或咸淡水种类，也有陆生的。体上无刚毛，在水中以身体的肌

鱼 蛭

肉伸缩作波浪式路线前进，在物体上用吸盘吸附，然后身体收缩前进。常吸食人畜血液，吸食时由于它的唾液中的水蛭素能使血液不凝，所以蛭的吸血量很大，一次吸血可维持生活200多天，甚至一年内不再吸血。因此，中医药中用活体吸取病人的脓血，或减轻断指等再植术后的瘀血，中医还将水蛭干燥泡制后入药，功能通瘀活血，治疗中风、痈肿。当然吸血也会给人畜带来疾患，被吸部位溃疡或被传播某些寄生虫。

环毛蚓

腕足动物

腕足动物是最古老的动物类群之一，最早出现于5亿年以前，以后便衰落下来。几乎全系化石，现存种只有300余种。中国目前仅发现8种。全部海产。

腕足动物的外形与软体动物的瓣鳃类的外形相似，都有两瓣壳。其实，两者结构全然不同。瓣鳃类的两壳覆在动物体的左右两侧，两壳相互对称；而腕足动物的两壳则盖在动物体的背腹两方，每瓣壳左右对称，两个壳的大小也不等，背壳小，腹壳大。

本门分为两纲：无铰纲，两壳相等，如无铰链的海豆牙；有铰纲，壳大小不等，如有铰链的酸酱贝。

大部分腕足类固着生活，通常腹壳在上，背壳在下，水平横卧在岩石或贝壳等坚硬的基质上，但海豆芽比较活跃，借助于内茎收缩掘孔钻穴生活。

软体动物

软体动物在无脊椎动物中是第二大门类。共10万余种。有水生和陆生种类，但以海生种类最为丰富。

由于生活习性不同，各类之间外形差别很大。但是它们的基本结构是相同的。身体柔软，不分节，体形一般两侧对称。躯体可分为头、足、内脏团3部分，还具有外套膜及由外套膜分泌的石灰质贝壳。头足类神经系统和眼是无脊椎动物中最高级的。表明软体动物比环节动物进步得多。

软体动物与人类关系密切。有些对人类有益，但也有不少对人类有害。像牡蛎、蛏、蚶、江瑶、扇贝、贻贝、鲍、乌贼、章鱼等，蛋白质含量很高，是人们喜爱的食品。除鲜食外，还能制成干制品。

腹足类包括钉螺、蛞蝓、蜗牛等，它们的头足部都是左右对称的，而介壳和内脏团却左右不对称，

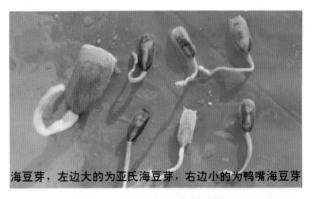

海豆芽，左边大的为亚氏海豆芽，右边小的为鸭嘴海豆芽

湖北钉螺

中国圆田螺　　　　　　　绯拟沼螺

内脏团由一个螺旋形的介壳包裹着。

这类动物中，在长江以南有些地区人们把田螺作为美味食品。蜗牛则为农业害虫。

钉螺栖息于江河、湖泊、池塘或沿岸苇丛中，营两栖生活。主要分布于长江流域（包括长江以南的13个省市）。日本、菲律宾、印度尼西亚也有分布。钉螺是日本血吸虫的中间宿主，也是某些地区肺吸虫的中间宿主。

瓣鳃纲动物全是水生，大部分为海产，少数生活在淡水中，只有极少数是寄生的。重要的种类有三角帆蚌、牡蛎、蛤、扇贝、珍珠贝、缢蛏、船蛆等。常见的淡水无齿蚌又称河蚌，分布极广，大多生活在江河、湖泊或池塘水底泥沙中，体形侧扁，被两片完全对称的贝壳保护着。贝壳可制水泥。

瓣鳃类一些种类可产珍珠。珍珠既能药用又可作为装饰品，现在用科学的方法已能人工培养。有一些腕足类如蜗牛、蛞蝓等成为今日餐桌上的美味佳肴。

中国珍珠贝

三角帆蚌

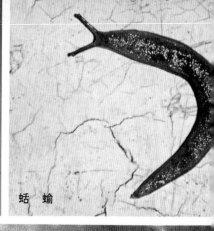

蛞蝓

射线裂脊蚌

虎斑宝贝

长蛸

软 体 动 物

皱纹盘鲍

栉孔扇贝

贻贝

少棘蜈蚣抱卵

石蜈蚣

节 肢 动 物

在无脊椎动物中，节肢动物是重要而且种类最多的一门，它们的身体和肢体由结构与机能各不相同的体节构成。我们常见的虾、蟹、蜘蛛、蜈蚣及昆虫等，统称节肢动物。

单是昆虫类大约有100万种以上，约占整个动物种类的五分之四。我们将后面的昆虫部分专门介绍，这里仅介绍节肢动物的其余部分，如多足类、蛛形类、甲壳类等。

蜈蚣、马陆、蚰蜒是多足类节肢动物。它们的身体分头和躯干两部分，头部有一对触角，身体呈圆柱形或扁平形，每一环节有一对或两对足。蜈蚣俗称"百足"。它的第一对附肢变成毒颚，会螫人，被咬处呈红肿且剧痛。这时用浓氨水洗擦伤口，中和毒液，可减轻疼痛。将蜈蚣制成干制品，是传统的中药。马陆又称"千足"。它没有毒颚，不会螫人。但在身体两侧有臭腺，分泌出一种难闻的臭液，以此作为防御武器保护自己。

蛛形类的种类也很多，常见的有蜘蛛、蝎子等，就蜘蛛来讲，全世界大约有3万多种，中国约有3000种，分布于陆地的各个角落。

甲壳动物体内没有骨，但身体表面覆盖一层壳，称为外骨骼。虾、蟹、喇咕等都是甲壳类。就目前所知甲壳动物已接近4万种。它们的形状千奇百怪，变化多端。从体形的大小看，差别更为悬殊，如日本产的一种形如蜘蛛的巨螯蟹，两个巨螯伸开后，两

螯之间宽达4米，而小的挠足类和水蚤还不到1毫米长，只有借助于显微镜才能看清。

大多数甲壳动物生活在海洋里，它们绝大多数都是自由生活的。如虾、蟹、溞（红虫）、沙蚕等；但有些种类是固着在岸边或岩石以及其它坚硬物体上，如藤壶、茗荷等。

虾是种类很多的一类，经济价值很大。如海产的对虾、毛虾、龙虾等，淡水产的沼虾、螯虾、米虾都是经济上十分重要的物种。

藤 壶

马 陆

蟪蚌（一种茗荷）

跳蛛

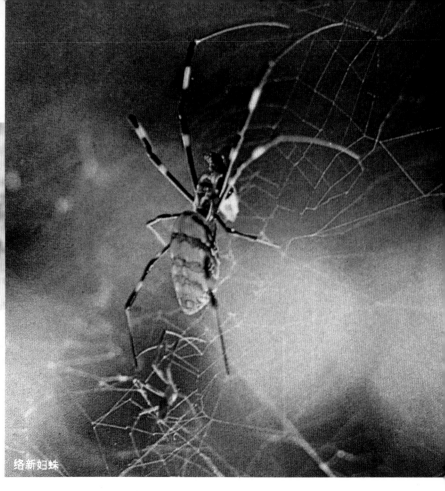

络新妇蛛

天生的结网者——蜘蛛

蜘蛛通过结网联络信号，捕捉食物。蜘蛛的这种结网能力不是经过学习得来的，而是天生具有的。如独立生活后的幼蛛结的第一张网就是一张完美的网。令人惊奇的是蜘蛛结网不用视觉，而是靠触觉，即使把蜘蛛的8只眼都涂黑，它仍能结一个正常的网。结网也不靠重力。1973年曾把2只圆蛛放进太空试验室，它们在失重的情况下仍能正常结网。然而造网性蜘蛛仅占蜘蛛总数的一半，很多蜘蛛并不张网，但不论张不张网，它们在生活中都利用蛛丝，丝不仅用来张网，而且用来捕食、营巢、产卵和抚育幼蛛。

不同种的蜘蛛体型、大小异常悬殊。产于拉丁美洲圭亚那的食鸟蜘蛛体长近9厘米，体重约57克，称得上是世界上最大的蜘蛛；位于大西洋西萨摩亚群岛的一种蜘蛛，长度只有0.43毫米左右，比小米粒还小，是世界上最小的蜘蛛。

圆叶蛛

奇形怪状的鲎

鲎，属肢口纲，头胸甲宽广，呈半月状，腹面有六对腹肢，尾呈剑状。尾剑能自由转动，当腹面向上，背部贴地时，常用尾剑使身体翻转。

鲎在中国浙江以南海域及太平洋都有分布，现存种类只有5种。

它的祖先出现于古生代的泥盆纪，并占统治地位。当时恐龙尚未崛起，原始鱼类刚刚问世。随着时间的推移，有的种类灭绝了，而鲎却生存下来了，它的形态还保持着原始状态，故人们称其为"活化石"。再从鲎的胚胎发育过程来看，它的幼虫很像寒武纪以前即已发生的三叶虫，所以它很可能是从古生代的三叶虫演化而来。鲎当作药物，已经历时千年以上。明朝李时珍的《本草纲目》就有记载，鲎有杀虫、治病的作用。60年代以来，国外已成功提取了鲎血变形细胞溶解物，制成检验内毒素的试剂。这种试剂极为敏感，快速、简易。因此，在医学、药物、罐头食品的检验方面受到广泛重视。中国于1975年进行鲎试剂的研究，于1978年获得成功。鲎的生活史较长，我们现在捕捉的鲎是到沿海产卵的成鲎，而鲎从受精卵孵化到成鲎要经过漫长的15年。所以鲎的利用和合理开发需要认真对待，毫无节制地大量捕捞，将会造成资源枯竭。

中 国 对 虾

对虾一般也叫"大虾"、"明虾"。称它为对虾，并不是它们一雌一雄常常成对地在一起，而是因为它们体形比较大，在中国北方的市场上常成对出售，渔民习惯上也按"对"计数他们的劳动果实，"对虾"的名称就流传下来了。

中国对虾主要分布在黄海和渤海，东海和南海也有，但不多。

对虾这一家族本来是起源于热带海洋里，随着环境的变化，对虾的生活习性也发生了变化，为了适应环境及繁殖后代，它们具有季节性洄游现象。

对虾体形扁长，分头胸部和腹部两部分。全身共20节，头胸部有附肢13对，腹部有6对。体色能随环境而变化，色素主要由胡萝卜素和蛋白质结合构成，在高温下蛋白质沉淀，析出虾红素，所以虾和蟹煮熟时都呈红色。

对虾个体大，味鲜美，在国际上负有盛名，是中国传统的名贵水产珍品。现在科技人员已成功地进行了对虾工厂化育苗及池养，增加了资源量。螯虾、沼虾是常见的淡水虾，也是食用价值较高的品种。

鲎

对虾的洄游

对虾是洄游种类。每年3月由于性腺逐渐发育，散栖在越冬海域（黄海中南部）的个体便开始集结成群，向北进行产卵洄游，群体分为两支，一支向海州湾和胶州湾、乳山县过海并在此产卵；另一支是主群，继续向北绕过山东成山头后，又分出一支向辽东半岛东海岸、鸭绿江一带产卵，主群则折向渤海，在渤海各河口产卵。产卵后，大部分亲虾死亡，而幼虾则在产卵场附近肥育成长，9—10月间长成的幼虾密集于渤海中部和辽东半岛的中部和南部，到11月水温下降，于是便开始越冬洄游。在对虾仅一年的生命周期中，要经历长达1000公里的洄游，这是黄海、渤海对虾区别于其它虾类的一个重要特点。

对 虾

中华绒螯蟹

横行的螃蟹

蟹类在甲壳动物中是比较高级的了。它的形态和构造基本和虾相仿，也分头胸部和腹部，头胸部呈圆形，腹部呈扁平状，折贴在头胸部下面叫蟹脐，雌性的为圆形，雄性的为三角形。

蟹为什么是横行的呢？原来蟹的唯一运动器官——步足是由七个小节组成的，尖端的一节呈爪状，其余各节的形状如扁棒状。每两节的外骨骼之间在外表有光滑柔软的薄膜相连，里面没有可转动的关节，因此，每个步足的关节，只能向下弯，爬行时，常用一侧步足的指尖抓住地面，再由另一侧步足在地面上直伸起来，推动身体前进，所以螃蟹走起路来只能向左右爬行。

蟹，中国产的种类很多，经济价值也很大。我们常见的有梭子蟹、青蟹、河蟹（又称"毛蟹"、"中华绒螯蟹"）等。

招潮蟹

刺 参

四棘美丽海星

棘 皮 动 物

　　棘皮动物全为海产，在无脊椎动物的发展历史中颇具意义。

　　棘皮动物是一类高等的较复杂的无脊椎动物。在个体发生和亲缘关系上，它们最近于脊索动物。

　　海参、海星、海胆等均属于这类动物。因为它们的表皮很不平滑，长满棘刺，所以叫棘皮动物。

　　海参　行动迟缓，很容易受到攻击。有些海参遇敌时，便从肛门分泌出一些液体，这些液体一遇海水，就变成白色细丝样的长管，管中充满毒液，它能把敌害缠住，麻醉后杀死。有些海参遇到敌害，就把内脏从肛门或体壁裂口处排放出来阻止敌人。排出内脏的海参并不会死，过一两天又会长出新的来。这种抛出内脏诱惑敌人的自卫方式，在动物界可算

是独一无二了。海参种类很多，广布世界各大海洋中。中国出产的可供食用的就有20多种，其中刺参、梅花参为上品。

　　海胆　形体一般呈球形或半球形，长着许多刺，排成放射状，向四面八方伸展，所以它又叫海刺猬。生活在中国沿海的海胆约有70种。有些海胆卵可以吃，如马粪海胆、大连紫海胆等；有些海胆有毒，如生活在大西洋群岛的喇叭毒刺海胆等。

　　海星　是个奇妙的动物，口长在身体的底面，正好在腕的正中央，肛门却在身体背面。它吃东西的样子非常奇特，胃能从体内翻出，把贝肉裹住，并分泌消化液进行消化，待把消化的贝肉吞下去，胃再缩回体内，这种用胃取食的方式在动物界是绝无仅有的。

脊椎动物

脊椎动物是动物界最高等的一个类群。我们常见的鲫鱼、青蛙、乌龟、燕子、狗和兔子等动物均属于脊椎动物。它们最明显的特征是身体的背部有一根脊椎（俗称脊梁骨），这是由一块块脊椎骨相互关节并串连在一起的，起支撑身体的大梁作用。从动物学上讲，脊椎动物属于脊索动物门中的一个亚门，该亚门包括圆口纲、鱼纲、两栖纲、爬行纲、鸟纲和哺乳纲，现生种类约近4万种。

麋鹿

35

柄海鞘（群体）

脊 索 动 物

脊索动物的特征是身体脊索由腹面移到背面，并在背部形成一条起支撑作用的纵向棒状物，其背面有神经管，腹面是消化道。在胚胎发育过程中，由原始背侧的一部分细胞构成，外面围一层或两层结蒂组织，称为脊索鞘。低等的脊索动物终身有脊索，有的类群脊索则仅见于幼体，而高等的脊索动物只在胚胎期间出现，长成后即由分节的脊椎取代。高等类群的背神经管分化为脑和脊髓两部分，咽鳃裂位于消化管前端咽部的两侧，左右成对排列，有数目不等的裂孔，直接或间接与外界连通。咽壁上生有满布血管的鳃，咽鳃裂在低等类群中终身存在，而高等类群则只于胚胎期或幼体期出现，成体完全消失。

脊索动物门包括原索动物（尾索动物及头索动物）和脊椎动物两个亚门。但是在无脊椎动物和脊椎动物之间，还有些处于过渡位置的动物，如半索动物、半尾索动物和半头索动物等。

从不同地层中发现的各种动物化石来看，甲胄鱼是最原始的脊椎动物，它出现于古生代的奥陶纪（距今约5亿年）。志留纪（距今约4.4亿年）出现了盾皮鱼、软骨鱼和硬骨鱼，泥盆纪（距今约4亿年）鱼类进入繁盛期，故称志留纪和泥盆纪为"鱼类时代"。坚头类是最早的两栖类，出现于泥盆纪末期，从此脊椎动物便开始了由水生到陆生的漫长进化历程。石炭纪（距今约3.5亿万年）两栖动物空前繁盛，可是到了石炭纪与二叠纪（距今约2.7亿年）之间，地壳发生了很大的变化，许多地区的气候由潮湿变得干燥，沼泽植物被裸子植物所代替。爬行动物在石炭纪末期由两栖类发展而来，它们是一支具有羊膜卵的动物。羊膜卵的出现，使脊椎动物从两栖类转变到爬行类跨过最后一个关口，即彻底解决了它们在发育中对水的依赖，确立了完全陆生的可能。因

文昌鱼

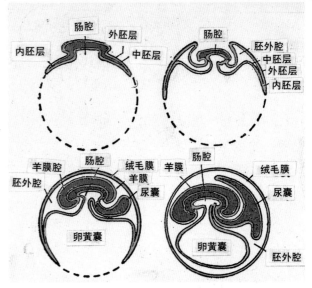

羊膜动物胚胎发育的各个阶段

此说羊膜卵的出现，是脊椎动物进化历程中由水生转变为陆生的一个飞跃。整个中生代（延续了约1.55亿年）是爬行动物称霸的时代，或者说是恐龙占统治地位的时代。当时海洋里有鱼龙，天空中有会飞翔的翼手龙，体重最大的恐龙可达50000千克，但是中生代的历史却随着恐龙的绝灭而告结束。中生代的侏罗纪（距今约1.8亿年）出现了最早的鸟类——始祖鸟，它虽然全身长着羽毛，前肢也变成了翅膀，但是却仍然保留着爬行动物一系列的特征，是鸟类由爬行动物进化而来的证据，也是爬行类进化为鸟类的中间类型。然而鸟类比爬行类具有一系列更进步的特征，特别是鸟类已经具有高而恒定的体温。恒温动物减少了对外界条件的依赖性，扩大了它们在地球上的分布地区，从而在生存竞争中占据优势地位。因此说恒温动物的出现，标志着动物体的结构与功能已进入更高一级的水平。最早的哺乳动物出现于三叠纪（距今约2.25亿年），中国云南禄丰发现的卞氏兽是一种接近于爬行类的哺乳动物，它证明哺乳动物也起源于爬行动物。哺乳动物经过中生代萌芽发展阶段，出现了真正的胎盘（少数例外）、胎生并哺乳，在动物界唯有哺乳动物具有这一特征。胎生和哺乳大大提高了幼仔的成活率，使哺乳动物能够在复杂多样的环境条件下繁育后代，这是脊椎动物进化史上的又一个飞跃。到了新生代，哺乳动物得到了空前的发展。可以说新生代的第三纪（距今0.7亿年）是哺乳动物的时代，当时被子植物极为繁盛，鸟类也大大发展了起来。在动物界只有鸟类和哺乳类享有"高级脊椎动物"的称号。但是，第三纪末期出现了人类的祖先——类人猿，因而从第四纪（距今约3百万年）开始则为人类的时代。

圆口动物

圆口动物也称无颌类，是脊椎动物中最古老的一个类群。这类动物的皮肤无鳞，体表粘滑，富有粘液腺。它们在脊椎动物的进化史上代表着动物已进化到有头、有雏形脊椎骨，但还没有颌这一发展水平。这是它们比尾索、头索动物进步的地方。古无颌类最早出现于上寒武纪（距今6亿年以前），在泥盆纪（距今约4亿年）达到鼎盛时期，以后逐渐衰退，到泥盆纪晚期绝大多数已绝灭，仅少数种类延生至今，如七鳃鳗和盲鳗。它们裸体均有一个圆形口吸盘，故又称圆口类。其外形与鳗鱼相似，只有奇鳍而无偶鳍，没有上下颌，全身软骨，属低等的水栖动物，多数居于海水或淡水水域，过半寄生或寄生生活。该纲共有73种，中国产有8种。

单斑蝴蝶鱼身上有美丽的斑点

鱼　类

鱼类是适应水栖生活的低级有颌脊椎动物。从动物的进化历程看，即从原始无头类发展成为原始有头类，便出现了原始脊椎动物，它循着两个方向继续向前发展，这样产生了无颌类和颌口类，而无颌类的后代是圆口纲动物，颌口类中最低等的动物便是鱼纲。已有的化学材料揭示，现代各种鱼类均由与甲胄鱼关系很近的盾皮鱼发展演变而来。但是它比圆口纲动物有更为进化和进步的特征：它们出现了上下颌，带动了动物体制结构的全面提高；具有一对胸鳍和一对腹鳍，大大提高了该类动物的游泳能力，并为陆生脊椎动物四肢的出现提供了条件；脊椎代替脊索，增加了支持、运动和保护机能；脑和感觉器官更为发达，促进体内各部的协调和对外界环境的适应能力。

鱼类的适应

鱼类身体结构的特点

鱼类经过长达几亿年种族的发展过程，形成了所谓"适应辐射"，出现了各式各样的身体结构和生活方式。身体仅分为头、躯干和尾三部分，而且，头与躯干间没有颈部，头不能自由活动；纺锤体形，披有鳞片，可减少在水中游泳的阻力；以鳍运动，且有偶鳍；用鳃呼吸，呼吸动作靠口的开关及腮弧的张缩促使水的通入与流出，从而吸入氧气和呼出二氧化碳等等。鱼的这种身体结构和生活方式，使它有很强的适应性。

千差万别的生存环境

常言道"鱼儿离不开水"。然而鱼类生活的自然界水环境也是有差别的。众所周知，地球总面积的71％为海洋，0.5％是内陆水域；从两极至赤道，从海拔数千米的高山溪流至深入海底达万米，受到千个大气压的水域；从几乎不动的湖水到每秒流速达2米的山溪，均是鱼类滋生繁衍的地方。不同的水域、水层及水质,所包含的水温和生物及非生物因子也各异。就拿对水温的适应范围来说,花鳉能在52℃的温泉中生存,而北极地区的黑鱼可在-2℃或-3℃的冰块中冻僵数周,待解冻后仍能复苏;对水中含氧及含盐量的适应差别也很大,一般对含氧量的适应为0.7—15.4毫克/升,对盐分则为0.01—70％。生物与环境的统一,结构与功能的统一,体现出鱼类特别明显的多样性和在整个脊椎动物中有如此丰富的种类及庞大数量。

鱼类皮肤的"广告色"

鱼类的皮肤对其水栖生活有极强的适应性。研究表明,鱼类的皮肤除具有鲜明的保护和传递信息作用外,还会形成各种图案,行为学家称它为"广告色"。这种"广告色"与鱼类的行为和形态组成了它们生活中不可缺少的"会话"语言。有一种菖鲉皮肤可协助它们有效地突袭猎物。由于它们的肤色和纹理与它们所停留的海藻和珊瑚上的颜色混杂在一起,使狩猎者难以辨认和察觉。银鱼身上生有美丽的红鳍,蝶鱼身体两侧各有13条赤黄色条纹,单斑蝴蝶鱼身上具有漂亮的斑点,一种鳂鱼周身布满蓝色圆点形的花纹等等,绚丽多彩,但各有其特殊的生理功能。鱼类利用皮肤颜色和所组成图案的变化来传递信息、布置监视哨,从而保卫环境的安全,显示斗争的胜负及领域的统治权。如鲐鱼皮肤颜色的变化显示警戒或屈服等等。大海中弱肉强食的现象极其严重,生活于礁石中的雌鱼和幼鱼,除利用千奇百态蜂窝状的珊瑚礁骨架藏身之外,则是利用自身皮肤的"广告色"与体形、行为组成的"会话"语言保护其自身,得以逐渐演变、进化、繁衍而世代相传。

扁鲛周身布满色彩绚丽的条纹

蓑鲉的脊椎骨呈扇状展开

蓝色圆点化纹使鳐鱼生色

蝶鱼身体两侧各有13条赤黄色条纹

白斑星鲨

中国团扇鳐

孔 鳐

鱼类的分类

鱼类是脊椎动物亚门中种类最多、终身生活于水中、变温的一个类群。鱼类用腮呼吸，多呈纺锤体体形，体表常披有起保护作用的鳞，是以鳍运动的一个类群；又是低等的水栖动物，属有颌类。最大的鱼是鲸鲨，体长约 20 米，最小的鱼则为潘达卡鲅虎鱼，身长仅 0.01 米左右。动物的整个演化过程揭示，有颌类动物是从无颌类动物进化而来。最早的鱼化石出现在志留纪（距今约 4.4 亿年），但不完整，仅有一些棘和鳞片，到了泥盆纪（距今约 4 亿年）不但鱼化石完整，而且发展到了高峰，出现了棘鱼类、盾皮鱼类、软骨鱼类和硬骨鱼类。然而由于早期的硬骨鱼与鲨鱼类的兴起和发展，它们的游泳等本领大大超出了同时期的棘鱼和盾皮鱼类。因此，在生存竞争中淘汰了同一水域的棘鱼和盾皮鱼类。全世界现存鱼类约有 24000 种左右，遍布于各种水域。中国有 2000 多种，其中海水鱼 1500 种，淡水鱼 800 种左右。依其骨骼的性质，将它们区分为软骨鱼类与硬骨鱼类。

软骨鱼

软骨鱼的内骨骼完全由软骨组成，常钙化，但没有任何真骨组织；外骨骼不发达或退化，体常披盾鳞。脑颅为原颅，上颌由腭方软骨、下颌由梅氏软骨组成。鳃孔每侧 5—7 个，分别开口于体外；有鳃孔 1 对，披以皮膜。雄鱼腹鳍里侧有交配器的鳍脚。卵大，富于卵黄，盘状分裂，体内受精。卵生、卵胎生或胎生。无鳔，嗅觉发达。软骨鱼类的化石出现于早泥盆纪晚期（距今约 4 亿年），繁盛于石炭纪（距今约 3.5 亿年）一直延续到现代。一般说来，软骨鱼类生活在海域，它们是代表从海水侵入到淡水的一支。

软骨鱼的进化可分为板鳃类方向和全头类方向。板鳃类的发展历史可分为三个阶段：原始的裂口鲨阶段，生存于泥盆纪到晚古生代；弓鲛阶段约始自早石炭纪，延续到三叠纪（距今约 2.25 亿年），这一时期相当繁盛；近世阶段从侏罗纪（距今约 1.8 亿年）开始。但这三个阶段并不衔接。软骨鱼类的

第二条进化路线是以全头类为代表。从现代的银鲛类经中生代的多棘鲛类追溯到颊甲鲛类，它们几乎全是底栖的，具有替换缓慢的齿板，基本以带壳者为食，用齿板研磨。全头类在石炭纪达极盛时期，侵占了原来被盾皮鱼类占据的环境，并取而代之。全头类具有两类齿型：即"鲨"型和"齿板"型。"鲨"型中有像在板鳃类中那样分开的连续牙齿；而在"齿板型"中，牙齿愈合成替换缓慢的研磨齿板。

赤魟（鲾鱼、盘鱼、草帽鱼）

全世界的软骨鱼类现存有 13 目 49 科 158 属约 837 种，中国有 13 目 40 科 90 属约 200 种。它们主要分布在低纬度的海洋，少数栖于淡水。包括板鳃亚纲和全头亚纲。其代表种主要是鲨、鳐和鲛类。如宽纹虎鲨、扁头哈那鲨、鲸鲨和白斑星鲨等；鳐类如尖齿锯鳐、许氏犁头鳐、孔鳐、中国团扇鳐、赤魟、日本单鳍电鳐和黑线银鲛等。

硬骨鱼

现在生活的鱼绝大部分属于硬骨鱼。它们的最大特点是骨骼一般为硬骨。如鲤鱼、红鲤、黄鲤、青鱼、草鱼、鲢鱼、鳙鱼、须鲫、大鳞四须鲃、鲮鱼、团头鲂等。这类鱼通常均具有鳔，正形尾；体披圆鳞、栉鳞、硬鳞或有的无鳞；鳃丝直接长在鳃弧上，并有骨质鳃盖保护；发育过程中少数有变态。硬骨鱼纲包括肺鱼亚纲、总鳍亚纲和辐鳍亚纲（棘鳍亚纲）。辐鳍亚纲是现代鱼类中种类最多一个亚纲，它囊括了现生鱼类总数的 90% 以上，分布极为广泛。这类鱼具有多种生态类型，这与它们所生存的环境条件的多样性有关。这一亚纲又可分为硬鳞总目（软骨硬鳞总目）、全骨总目（硬骨硬鳞总目）及真骨总目。这三个总目实际上代表了鱼类的三个进化阶段：即硬鳞总目代表了原始类型，在古生代（延续了约 3.75 亿年）曾占统治地位，少数种类残存至今；全骨总目代表中间类型，在中生代（延续了约 1.55 亿年）占优势地位，少数种类残留到现在；真骨总目是最高等的，从新生代（延续了 0.7 亿年）占统治地位直到现在。这一进化历史过程体现了硬骨鱼类进化中的一个典型特点：即进行了主要角色的承替，由一大类被另一大类所代替。

鲢鱼　　　　　　　草鱼　　　　　　　黄鲤（鲤拐子、鱼代仔）

红鲤（鲤拐子、鱼代仔）

青　鱼

鲤鱼（鲤拐子、鱼代仔）

大马哈鱼（麻哈鱼、马哈鱼、鲑鱼、麻米鱼）

硬骨鱼可能出现于早志留纪（距今约 4.4 亿年），而可靠的化石记录则得自早泥盆纪（距今 4 亿年）地层中，各类的起源、兴衰及绝灭均各有其发展历程。总之，辐鳍鱼类、总鳍鱼类、肺鱼类以及棘鱼类均是比较相近的鱼类，广布于全球各种水域中，从志留纪到现在很长的地质历程，它们各有其兴衰与发展过程，而其中以辐鳍鱼类最为成功，大致从早期的软骨硬鳞鱼类进化为全骨鱼类，再到真骨鱼类；进步的真骨鱼类现在仍然非常繁盛，遍布于所有的水域；棘鱼类在二叠纪（距今约 2.7 亿年）末期已经绝灭；总鳍鱼类与肺鱼类只有少数种类，在局部地区尚有残存。现存的肺鱼如仅分布在澳洲、南美洲和非洲中部某些河流的澳洲肺鱼、美洲肺鱼和非洲肺鱼。

鳙 鱼

须 鲫

团 头 鲂

水泡眼

朱球墨龙睛

大鳞四须鲃

金　鱼

具有很高观赏价值的鱼种，它由野生鲫鱼经人工培育而成。目前金鱼的品种颇多，分草种、文种、龙种和蛋种等达百余种。如狮子头、软鳞花珍珠、红白花龙睛、红白花水泡、水泡眼、朱砂水泡、蝶尾、朱球墨龙睛、红帽子球、五花翻鳃等。还有引进的琉金、朱文金和兰鲭等等，都很名贵。中国是举世公认的"金鱼的故乡"，其养殖金鱼始于晋朝，中间经过唐朝和宋朝时期的发展，到明朝末年达全盛时期。1500 年传入日本，17 世纪传入欧洲，19 世纪初传入美国。现在已经遍布全球。总之，中国和日本以养殖金鱼而驰名于世界。

鲮鱼

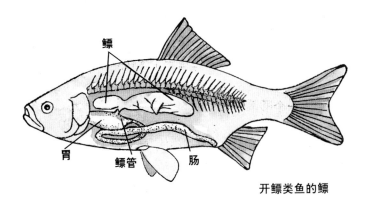

鳔

鳔管

胃　　鳔管　　肠

开鳔类鱼的鳔

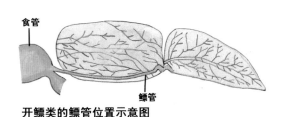

食管

鳔管

开鳔类的鳔管位置示意图

鱼 鳔

鳔是大多数硬骨鱼类的一大特征。它是在鱼类胚胎发育过程中由消化管前部向外突出，并逐渐延长扩大而形成的，呈白色薄囊形，位于鱼体腔内消化道的背侧，一般为二室，少数为一室或三室。其主要功能是调解鱼体比重，在某些种类中亦兼有呼吸、发声和感觉等机能。当鱼由一个水层游到另一个水层时，鳔通过自身体积的变化来调节鱼体比重，使其接近水环境的比重。当鱼向上游动时，鱼体受水的压力减小，鳔内气体增加，减轻鱼体比重，鱼体便产生出上升的趋势，当鱼要停留在一定的水层时，鳔就排出部分气体借以抵消上升趋势；而当鱼向下游动时，鱼体所受压力增大，鳔内气体压缩，鱼体比重增加，但这时若要停留在一定的水层，鳔就必须吸进一部分气体，不然将继

韦伯氏器

也称韦氏小骨，由鲤形目鱼类的前3块躯椎的一部分变化而成，包括三脚骨（又名槌骨）、间插骨（又名砧骨）和舟骨（又名蹬骨）。三脚骨的后端与鳔相接触，舟骨与内耳之围淋巴腔接触。

鱼 肚

鱼肚是一种名贵的食品，一般是指鱼鳔干制品。食用时用热油发开，然后制成菜肴。

续下沉至水底。由此表明：鱼体的浮力受鳔体积改变的影响，而鳔体积的变化则由鳔内气体的多少来决定。鳔内的气体主要是氧气、氮氧和二氧化碳气等，由鳔内层的一部分微血管组成的红腺分泌出来。鳔的后背有一个卵圆窗，鳔内气体可以从此处排入邻近的血管里。喉鳔类鳔内的气体可直接由口吸入和排出。鲤科鱼类的鳔和内耳之间有韦伯氏器相连，当大气压改变时，鳔亦发生相应的改变并借韦伯氏器刺激内耳，使鱼体增加对鳔内气体转变的敏感度，从而采取适应性的行动。有些鱼类，如大黄鱼（也称大黄花或大鲜）、小黄鱼（小黄花或小鲜），在生殖洄游或索饵洄游等集群时，靠鳔肌收缩压迫鳔壁发生共振而发声，有经验的渔民可从听其声音的大小，来判断鱼群的大小及渔场的位置，但是，鳔调节鱼在水中的升降是一个比较缓慢的过程。因此，有些游速很快的鱼类，如鲨鱼、鲐鱼等则没有鳔；比目鱼因常年生活在水底，很少向上游动，也没有鳔。

根据鳔与食道间有无鳔管相通，可将有鳔的硬骨鱼类区分为有鳔管的喉鳔类（或称开鳔类）和无鳔管的闭鳔类。前者多见于鲤形目、鲱形目等鱼类，后者多为鲈鱼类。

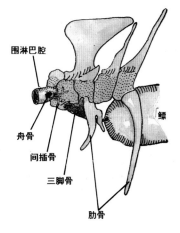

围淋巴腔

舟骨

间插骨

三脚骨

肋骨

鳔

鲤形鱼类的韦伯氏器

鱼类的洄游

洄游是指鱼类在一生中一种周期性、定向性和群体性（简称三性）的水域迁徙运动。也是鱼类对环境的一种适应现象。因为水体中很难定向，浩瀚的大海虽然缺少障碍物，但行动方向难以掌握，全靠与水流方向的一致性。大多数鱼类均有洄游行为，它们靠着这种行为，来满足自身在某一段生活时期所需要的环境（生存条件），来保持种群的繁衍。鱼类的洄游根据其目的，大致分为三类。

生殖洄游

生殖洄游系指鱼类在性成熟以后，从越冬和取食区域游到产卵场所的活动。又包括三种洄游类型：

溯河产卵洄游 成鱼生活在海洋，到产卵期游到江河产卵。如大马哈鱼在生殖季节从鄂霍茨克海游到中国的黑龙江和松花江产卵。此时，该种鱼一天要逆水游30—50千米，长途跋涉，历尽艰险，冲破层层障碍，当到达产卵场时，已精疲力竭，产完卵已接近死亡。少数没死亡的，再回到海洋时也常被凶猛鱼类吞食掉。鲟鱼、银鱼、鲚鱼均属这一洄游类型。

降河产卵洄游 这类鱼平日生活在淡水水域，在生殖季节沿江河顺流而下，进入深海产卵。如鳗鲡当性成熟时，在江河的入海口处聚集成大群游向深海产卵。

近岸浅海洄游 成鱼生活在海洋，产卵时游到近岸浅海。如黄花鱼生活在渤海湾以外的大洋里，而产卵时则游回渤海湾内。

另外还有一些在淡水水域中进行生殖洄游的鱼类，如从河到河或从河到湖、从湖到河等。

索饵洄游（也称觅食洄游）

索饵洄游指鱼类在生殖洄游以后，为了弥补体力的消耗，因追寻和捕食大量的食物而集群进行的洄游，或者说是因为饵料生物量的变化而引起鱼类进行的迁徙运动，目的是为了追随食物。这种洄游对雌鱼的意义较大，大量的雌鱼通过几千里的洄游，摄取大量的食物，准备越冬和翌年的生殖。还有些鱼是在生殖洄游之前进行索饵洄游，目的是为性腺的生长发育提供营养，为繁衍后代打基础。

越冬洄游

一些喜欢温暖的鱼，每年在冬季寒冷来临时，成群结队迁到水温、水底和地形等都适宜过冬的温暖水域里，这就是越冬洄游。鱼类在这一洄游期间少食或者不食，所以多发生在索饵肥育以后。如黄花鱼多在11月洄游到黄海里越冬。

研究鱼类洄游习性，在科学和渔业生产上均有重要的意义。鱼类进行洄游的结果，在一定的地点、时间内形成了有大量鱼类集群而至。一般把鱼类洄游的地点称作渔场，时间则称作渔汛。渔民依据掌握鱼类洄游的规律、时间、地点等，加上海水显示的不同颜色及海鸟的活动情况，便可确定汛期时间和渔场的位置，为渔业生产提供较为准确的"渔情预报"。科学家们利用自动记录仪、海底摄影及电视、深潜球、海底实验室、放射性同位素等一些新技术方法，研究海鱼及其它鱼的一系列生命活动规律，研究水温、水流、盐度与洄游的关系，揭示引起鱼类洄游的生理因素及洄游与环境的关系，为渔业资源的保护和合理利用提供科学依据。

鳗 鲡

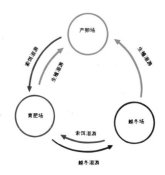

鱼类洄游的周期

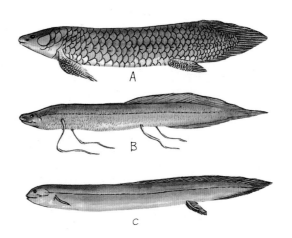

肺 鱼（A. 澳洲肺鱼　B. 非洲肺鱼　C. 美洲肺鱼）

"做茧自缚"的肺鱼

生活在五彩缤纷水域里的鱼儿们，其行为和习性亦各不相同。古语道"春蚕到死丝方尽"，可是谁又能知道某些鱼类也有做茧的本领。肺鱼属硬骨鱼纲的肺鱼亚纲。现存者仅有澳洲肺鱼、美洲肺鱼和非洲肺鱼。肺鱼是从三叠纪（距今约2.25亿年）初期遗留至今的古代鱼类，喜欢栖息于水流平缓、草木丛生的浅水流域或水塘之中。雨季时与普通鱼一样生活，当遇枯水季节便钻进淤泥进入不吃不喝的休眠状态。这时肺鱼用体表分泌的具有相当凝聚力的粘液，调和周围的泥土，做成独具屋式的泥茧，而将自己的身体一丝不露地藏在其中。肺鱼的茧一般为封闭式的，仅在对准嘴的地方留出一个小小的呼吸孔，从而进行微量的气体交换，茧长约2米以上，做得异常结实坚固。鱼没有像蚕那样自己破茧即出的本领，需到雨季到来之时，茧壁的淤泥被水泡软冲散后，才能重新恢复自由。

做巢产卵的鱼类

一向"四海为家"，过着群居生活的鱼类中也有例外者。在中国的东北有一种叫刺鱼的小型鱼类，怀卵只有一、二百粒，御敌能力很弱。但是在一些水域中仍占有数量优势。究其原因，在于它们能利用高超的筑巢技术，筑起美观坚固的产卵巢，为后代提供安全的"庇护所"。这类鱼的筑巢任务全由雄鱼承担，在春季繁殖季节，雄刺鱼用嘴和鳍把芦苇或其它水生植物的根、茎、叶等汇集起来，用肾脏分泌的粘液丝，胶合成椭圆形球状巢，巢搭在较为粗壮坚韧的水生植物的茎等地方。而后，雄刺鱼们用嘴吸取细沙，仔细地喷在巢壁上，并不断往上面涂体表粘液，用身体在内外壁上摩擦，使巢筑得格外

刺鱼的巢

光滑和结实。雌刺鱼产卵时，独居巢内，产完卵马上弃巢而去。在整个孵化期间，雄刺鱼一直守卫在巢外，当巢内有不清洁杂物时，雄刺鱼便将卵一粒一粒地拉出来，把巢内打扫干净后再重新搬回去。幼鱼孵出以后，雄刺鱼继续日夜守卫，一直到它们的卵黄囊完全消失，有了比较强的游泳和防卫能力后，才肯让其离去。鲤科鱼类也有做巢产卵的习性。如乌鳢（也称黑鱼），它的巢与刺鱼的巢极为相似。

罗非鱼

用口腔孵卵的鱼类

　　有一种非洲鲫鱼（尼罗罗非鱼），孵卵习性很特殊。在生殖季节，雄鱼寻找一适宜做巢的地方，用嘴挖出一个圆坑，雌鱼将卵产在坑内，并随即含在口中，这时雄鱼排精，精液也被雌鱼吸入口里，卵在雌鱼的口腔里受精、孵化，孵出的小鱼仍留在雌鱼的口腔里，一直到小鱼的卵黄囊消失才能离开。

　　还有一种充满母爱的产于欧洲的淡水鲈，繁殖季节雄鱼用尾鳍击水旋转沙地挖一个小坑，而后用舞蹈姿势，以低于水平方向 30—60°角哈腰向雌鱼行礼，直到将雌鱼引进小坑。交配后，雌鱼将数百粒卵产于小坑里，再小心翼翼地把卵分开，一粒接一粒地含在口腔里进行孵化。孵化期一般为两个星期，为了下一代，孵化期间雌鱼不吃不喝，仅张着大嘴艰难地呼吸，真是"含子茹苦"。饥饿使雌鱼的躯体变瘦，头则显得更大。孵出的小鱼体长仅 2 毫米，刚刚孵出的小鱼仍呆在母亲的口腔里，以此作为天然"保护所"。不久雌鱼上下游动，侧着大脑袋在水底磨蹭，促使小鱼游出口腔去过独立生活。但是小鱼们一旦离开雌鱼的口腔，母亲又立刻扑过去，重新将小鱼们吸回口腔，如此反复，使小鱼们的游泳本领变得越来越强，直到雌鱼再也抓不到它们的时候，母亲才放心大胆地让小鱼们去过自由生活。每当险情来临时，雌鱼又以与水平面呈 10—20° 的夹角，用低头姿势向小鱼们发出警报，小鱼们收到报警消息后，马上挤成"葡萄串"状，迅速钻入雌鱼的口腔里——一幢能游动的安全"房子"。另外小鲶鱼、赫罗米斯鱼、塔罗费乌斯鱼等，均有用口腔孵卵的习性。

47

东方蝾螈

两栖动物

青蛙和蟾蜍是人们常见的两栖动物。这类动物的发育经过变态，或变态不显著。幼体用鳃呼吸，有侧腺，无成对附肢，适于水栖；成体一般用肺呼吸，侧腺消隐不见，有五指型附肢，多栖于陆上，故称为两栖动物。两栖动物是脊椎动物亚门的一个纲，它是由水生到陆生的过渡类群。它们虽获得了适应陆地生活的特征，但还不完善，还保留着许多原始的祖征。如体外受精，幼体在水中发育，胚胎没有保护装置——羊膜卵，卵只有在水中才能进行繁殖；成体虽然可以用肺呼吸，但必须有皮肤的辅助和生活于近水的地方；体温受环境温度的制约，当环境温度降到 7—8℃ 时，便进入蛰眠等等。它们的形态结构是与水陆两栖生活相适应的，也具备了由水生到陆生的关键性性状，即幼体经过变态能在短期内成为以肺呼吸为主，具有五趾型四肢可在陆地生活的成体，这无疑较鱼类是一个比较大的进步。特别是它们的呼吸机制主要由鼻瓣和口咽腔底部的上下运动来完成；裸肤上布满细胞粘液腺和微血管，可调控水分和交换气体，是肺呼吸的辅助器官，用来弥补肺功能之不足；视网膜上有绿柱细胞；茎齿型齿；眼眶与颞窝相通；脂肪位于生殖腺附近等，都是两栖类比鱼类进步的特征。

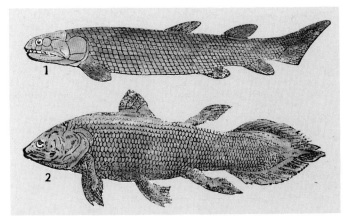

总鳍鱼 1.古代总鳍的化石　2.现在的总鳍鱼（矛尾鱼）

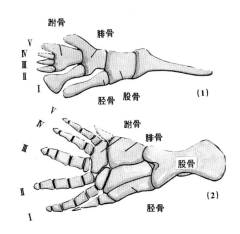

总鳍鱼与原始两栖类前肢骨的比较

1.总鳍鱼的前肢骨

2.原始两栖类的前肢骨

两栖动物的起源和演化

　　两栖动物起源于距今约 3 亿多年前的泥盆纪末期，一般认为是由古总鳍鱼的真掌鳍鱼进化而来。这种古代鱼类胸鳍和腹鳍基部的肌肉比较发达，适于在水底活动（似爬行运动），而且偶鳍的骨骼结构与后来两栖动物的四肢很相似。古总鳍鱼的鳔，适于在陆地上呼吸，实际上是一种鳔状肺。当水中缺氧时，它们就用鳔在空气中呼吸。由此表明了两栖类动物是由古代鱼类经过漫长的历史发展过程逐渐进化来的。

　　两栖动物是脊椎动物中最早登上陆地的一个门类，它的进化历程说明了脊椎动物是从水生向陆生发展的，两栖动物是其它陆生动物的祖先。两栖动物化石在晚古生代（距今约 2.7 亿年左右）形成了重要的化石类群，即构成了两栖纲中的两个亚纲——海桩纲和桩首纲。

两栖动物的分类

　　两栖动物是脊椎动物中种类和数量最少，分布比较狭窄的一个类群。现生的两栖动物有 3 目 4200 种左右。其中蚓螈目 160 余种，有尾目 350 种，无尾目 3500 种。中国有 270 余种，主要分布于秦岭以南、东北、华北、西北等地区。内蒙、新疆地区种类较少，西南山区属种颇为丰富。

　　蚓螈目动物

　　蚓螈目动物也称无足目或裸蛇目动物。该目动物营穴居，其外形似蚯蚓或蛇，有尾或无尾，无四肢及带骨；裸肤多环状皱纹，并富粘液腺；因眼睛隐于皮下近退化状，故又称盲目；在眼与外鼻孔间有一能收缩并极敏感的触觉，可缩进特殊的凹陷内，有助于钻穴活动；听觉无鼓膜及听神经；嗅觉发达；体内受精；脊椎骨可多达 250 块。这些都是蚓螈特化的特征。此外，还具有一系列原始特征，如蚓螈有退化骨质鳞隐于真皮之内，外表并不显露，这代表着古代坚头类体表鳞甲的遗迹。现代的有尾类和无尾类体表光滑无鳞，只有蚓螈类尚保存着这种承前的原始特征。因而，它们又是较原始的一个类群。中国仅有版纳鱼螈和双带鱼螈，都分布在云南。其它种多分布在南美、非洲和亚洲南部热带地区。

东北小鲵（大连医学院提供标本）

此外，还有中国不产的泥螈（也称泥狗）、洞螈和鳗螈（也称泥鳗或土鳗）等种类。

无尾目动物

无尾目动物体短宽；四肢短而发达，后肢强大适于跳跃；裸肤上生有丰富的粘液腺，某些种类还有发达的毒腺；成体没有鳃和尾，一般营水陆两栖生活；水中交配，体外受精；雄性大多数具有声囊。本目全世界有 16 科 167 属 2600 余种，中国有其中的 7 科 43 属（亚属）242 种左右，遍布于各省区。代表种有：东方铃蟾、产婆蟾、负子蟾、中华蟾蜍（又名癞蛤蟆）、花背蟾蜍、黑斑蟾蜍；无斑雨蛙、中国雨蛙、黑斑蛙（又名田鸡）、金线蛙、中国林蛙、虎纹蛙、牛蛙、斑腿树蛙、北方狭口蛙（又名气鼓子）和饰纹姬蛙等。

有尾目动物

有尾目动物体呈圆筒形，似蜥蜴状；四肢较短；终生具侧偏长尾。中国有隐鳃鲵科、小鲵科和蝾螈科，计 3 科 14 属 35 种（亚种），约占世界种类的 10％左右。代表种有：大鲵、极北小鲵、东方蝾螈、细痣疣螈、中国瘰螈、肥螈和滇螈（又名瘤蝾螈）。

蟾酥的成分及其药用价值

蟾酥由蟾蜍的毒腺加工制成，蟾酥的成分比较复杂，可分脂溶性和水溶性两部分。脂溶性成分含量约为 20％，主要是甾类物质，统称为蟾毒；已知中国蟾酥含 10 种以上的蟾酥毒等。水溶性成分主要是吲哚类生物碱，如蟾酥甲碱等。此外，还含有多种氨基酸和胺类。蟾酥是六神丸、喉症丸、痧药等数十种中药的主要原料。可以治疗疔等外科疾病，并有解毒、强心的功能，驰名中外的"安宫牛黄丸"、"蟾力苏"等均是急救用的强心特效药。

细痣疣螈

大树蛙

美国青蛙

中华大蟾蜍指名亚种（雌）

中华大蟾蜍指名亚种（雄）

箭毒蛙

雷山髭蟾

大　鲵

大　　鲵

　　大鲵素有娃娃鱼之称，隶属于有尾目的隐鳃鲵科，大鲵属。中国仅有 1 种，分布于湖南、湖北、贵州、广西、陕西和山西等省区。大鲵喜欢栖息于水质清凉、水流湍急及多孔洞的岩石山间溪流之中，多营单居生活，惧光喜暗，白天多隐匿在洞内，夜晚出来觅食等活动。主食蛙、蟹、鱼、虾、蛇和水生昆虫等，食物整只吞咽，属食肉性动物。大鲵的体色可随不同的环境而变化，但一般多呈灰褐色；躯体扁圆，侧偏尾；头大扁阔，口特别宽大；眼极小且无可动的眼睑；体表光滑无鳞，但有各种斑纹；前后肢均短小，前肢四趾，后肢五趾，趾间有浅蹼，便于游泳。最大体长可达 180 厘米，最重者 65 千克，是世界上现存最大的两栖动物。每年 7—9 月为其产卵繁殖季节，卵产于水温 14—20℃ 的河床岩洞内，每尾产卵 300—1500 粒，卵径 6—7 毫米，呈圆球形，互相间有胶带连接，排列成念珠状，包在长的卵胶带内，卵胶膜吸水后膨胀透明。孵化期随水温而变化，一般为 33—40 天，幼体刚孵出时长约 28—31 毫米左右，具有 3 对桃红色的羽状外鳃，腹部为黄色，甚是美观。大鲵是一种珍贵的观赏动物，也是研究动物系统发育的宝贵资料，已被中国列为珍稀保护动物，更为全世界所关注。

大　鲵

青　蛙

黑斑侧褶蛙

　　青蛙（黑斑蛙）是两栖纲的代表动物，隶属于无尾目蛙科蛙属。广泛分布于中国各地，从华北北缘到华南北缘的平原和丘陵地区尤为常见，数量很多。日本、朝鲜和前苏联的亚洲部分东部也有分布。体长约为7—8厘米，背部呈黄绿或深绿等颜色，其上散有黑斑。一般11月开始冬眠，翌年3月出蛰。4—7月为生殖季节，产卵高峰则在4月。卵多产在秧田、稻田和静水水域中。雄蛙鸣叫时两侧的外声囊膨胀成球状，一般在降雨后和黄昏时开始鸣叫，引诱雌蛙抱对产卵。成体蛙喜栖息于稻田、池塘、湖泽、河滨、水沟及其水域附近的草丛中。主食蝗虫、天牛、蚱蜢、甲虫、粘虫、水稻螟、稻纵卷叶螟和蝼蛄等农业害虫，还捕食蚊子、白蛉子、苍蝇等传病昆虫和蠕虫的中间宿主。

　　青蛙是消灭害虫的能手，是对农业和人类均为有益的动物。青蛙的成体和卵可用来作教学和科学实验材料，又可药用，更是重要的经济动物。

美国青蛙

爬行动物

我们常见的蜥蜴、壁虎、鳄、龟、鳖和蛇都是爬行动物。它们是陆生脊椎动物，即能适应陆地生活的类群。爬行动物与两栖动物相比较，不但成体结构适应陆栖生活，而且繁殖方式亦有进步。爬行动物在陆地产卵和孵化，在发育过程中出现了羊膜卵和尿囊等胚膜，使胚胎彻底脱离了水环境，能在陆地干燥环境中发育。因此，爬行动物也称为羊膜动物。

爬行动物的特征：体表覆盖角质鳞片（如蛇、蜥蜴），起保护体内水分蒸发的作用，或有骨板（龟、鳖）；皮肤干燥并缺少腺体；用身体的腹面贴地爬行；终生用肺呼吸；心脏分为二心房一心室，内有发育完好的隔膜；指（趾）端具爪，四肢健壮，尾发达，有明显的颈部；骨骼发育良好；雌雄异体，体内受精，卵生或胎生，卵具卵壳；混合型血液循环，是变温动物。

白垩纪的恐龙

爬行动物的进化与适应

爬行动物的出现，是脊椎动物演化中关键性的一环。最早的爬行动物出现于距今约 2 亿多年前的上石炭纪，由古两栖类动物演化而来，是一支具有羊膜卵的动物。现生的爬行动物不甚繁盛，但远古，即距今 2.3 亿年－0.7 亿年前的中生代，爬行动物十分昌盛，当时不但种类多，而且分布广，在世界各地占统治地位。有的侵入天空成为会飞翔的恐龙，有的下到水域过着游泳的生活，在脊椎动物中成为首先占领陆、海、空三大生态领域的胜利者。体型小的像蜥蜴；大的像巨大的恐龙（体重 50 吨，体长 30 米），在整个地球上称霸了 1 亿年之久。因此，中生代有"爬行动物的时代"或"龙"的时代之称。但是到了距今约 0.7 亿年前的白垩纪末期，地球上出现了强烈的造山运动，中国的喜马拉雅山、欧洲的阿尔卑斯山就是这一时期地壳隆起形成的。地表构造的剧烈变化引起了气候的变化，随之而来的则是植物界中裸子植物由被子植物所代替。中生代后期的爬行类，其体型愈来愈大，食量亦猛增，而食物面则越来越窄。由于它们本身的落后性，在与剧烈复杂多变的环境进行斗争中多数绝灭了。而且在中生代初期已出现了鸟类和哺乳类，因为它们具有恒温，能更好地适应外界环境条件的变化，在与古爬行类的生存竞争中，渐渐占据了优势地位，所以爬行类从此一蹶不振。

在脊椎动物进化的历史长河中，两栖动物完成了"从水到陆的使命"，首次为脊椎动物开创了陆地生态环境。但是，两栖动物仍然没有完全摆脱水的束缚，未能深入到干旱的陆地，还是在水域附近徘徊。距今约两亿年左右的石炭纪，从两栖类到爬行类的转变过程跨过最后一个关口——羊膜卵的完成。羊膜卵的出现，彻底解决了脊椎动物在个体发育中对水的依赖，确立了爬行动物能够完全陆生的可能性。

爬行动物的发生、发展到衰退，经过了 1 亿多年的酝酿和进化，到白垩纪的末期，也就是从第三纪（距今 0.7 亿年前）开始，哺乳动物才真正接替了爬行动物的历史，揭开了脊椎动物进化史中新的一页。脊椎动物不断地由简单、原始类型向着复杂、进步的类型进化，其中可见羊膜卵的出现是脊椎动物进化史上一个很大的飞跃，它可以与"从水到陆"等一些重大的飞跃相比拟。爬行动物在脊椎动物整个进化的历程中是举足轻重的。

爬行动物的分类

全世界现生爬行动物大约近 6000 种，中国有 310 种左右，一般分为喙头目、龟鳖目、有鳞目和鳄目。也有人把爬行动物区分为 2 型、3 亚纲、6 目。即无窝型：龟鳖亚纲的龟鳖目，约有 220 种（中国约有 24 种）；双窝型：古蜥亚纲鳄形目，约有 21 种（中国有 1—3 种）；鳞蜥亚纲原蜥总目的喙头目，仅有 1 种；有鳞总目的蚓蜥目，约有 100 种；蜥蜴目，约有 300 种（中国约有 120 种）；蛇目，约有 2500 种（中国约有 180 种）。爬行动物分布极广，除极寒冷地区以外，均有分布，属世界性分布。中国除喙头目外，其余者都有分布，特别是南方温暖潮湿地带种类甚多。

澳大利亚中部沙漠巨蜥。这种吃虫蜥蜴体长可达 1 米多。它不仅会涉水，还能爬树。

啄头蜥

喙 头 目

喙头目是爬行动物中最古老的类群之一，大多数生活于下二迭纪和三迭纪，所具有的一系列原始特征，均反映了2亿多年前古爬行类的模样。在科学研究上有很重要的价值，故有"活化石"之称。现存者仅有1属1种，即新西兰产的楔齿蜥（喙头蜥），它体长50—70厘米，外形和大型蜥蜴相似，体表被覆颗粒状细小的角质鳞；背中线处有一系列棘状鳞，头顶端呈鸟喙状，故又称喙头蜥。内部结构不同于蜥蜴，具有许多原始特征：椎体属双凹型，和鱼相同，椎体间还保留着脊索。身体腹面皮肤内有腹壁肋，与现在爬行类的鳄相同，它代表着坚头类的腹甲遗迹。头骨不可动，端生齿，顶眼十分发达，泄殖腔孔横裂，雄性不具交配器，约20年左右性成熟，寿命可活百年。以昆虫和小型蠕虫、甲壳虫和软体动物为食。数量极少而珍贵，已濒临灭绝，属世界最珍稀动物种类之一。

龟 鳖 目

乌龟、玳瑁、鳖和鼋、锯缘摄龟、泰国海龟、潘氏闭壳龟等，都属龟鳖目动物。它们体表满披鳞片，过陆栖、水栖及海洋生活，也是爬行动物中最为特化的类群。一般身体宽短；前腹具沉重的装甲，龟壳由拱起的背甲和扁平的腹甲所构成；舌不能伸出，听觉不敏锐，嗅觉及触觉比较发达；体内受精，卵生，卵具钙质的硬壳，陆地上产卵、生殖和发育；四肢和尾皆可在一定程度上缩进甲内。其食性分为草食、肉食和杂食性3类。陆栖龟类多为草食性，四肢比较长而粗壮，龟壳呈圆形而隆起，可承受比较重的压力；鳖类多为肉食性；其它龟类则为草、肉食性者；半水栖龟类的龟壳略扁平，四肢也比较扁平，指（趾）间有蹼；海洋性龟类终生在海水中，背甲较扁平，略呈心形；有些种类指与趾合并，四肢呈桨状，适合游泳。龟鳖目包括曲颈龟亚目、侧颈龟亚目（这种中国不产）、海龟亚目和鳖亚目。中国分布在北方的种类极少，大多数产在华南地区。

潘氏闭壳龟

泰 国 龟

玳 瑁

有 鳞 目

日常习见的蜥蜴类、蛇类，如大壁虎、无蹼壁虎、巨蜥、鳄蜥、金环蛇、银环蛇、眼镜蛇、眼镜王蛇、蝮蛇、虎斑游蛇等都是有鳞目动物，它们是现生爬行动物中最兴盛的一个类群。其特征为：一般体呈长形，被有角质鳞片，多无骨板；上、下颌具侧生或端生齿；前后肢发达或退化；体内受精，卵

锯缘摄龟

生或胎生；多数种类为水生、半水生、陆生、树栖或地下穴居等。广布于世界各地，又分为蜥蜴亚目和蛇亚目。

鳄　目

众所周知的扬子鳄，就是鳄目动物。鳄目动物是现生爬行类中结构最高级者，它们的许多特征与恒温动物较为接近。如鼻腔和口腔完全分开，内鼻孔后移；次腭完整；槽生齿，这是爬行动物中唯一的情况；已接近双循环血液。但还有适于水生生活和较为原始的特征，如尾侧扁，足有蹼；鼻孔和耳孔有关闭的瓣膜；肺脏大，适于长时间停留于水中不需要换气；体表被角质鳞，背鳞下尚有真皮骨板；身躯多为前凹型，具胸骨；泄殖腔孔纵裂，体内受精、卵生等。

主要分布于亚洲、美洲、非洲等热带地区。除扬子鳄外，还有密河短吻鳄、长吻鳄、湾鳄和眼镜鳄等，均为该目的代表种类。而其中的湾鳄类目前在中国沿海已经绝迹了。

扬子鳄头

扬子鳄

金环蛇

蝮蛇

眼镜蛇　　　　　眼镜王蛇

烙铁头　　　　　翠青蛇　　　　　银环蛇

恐 龙

恐龙是生活在距今大约 0.7—2 亿年以前陆地上最大的爬行动物。"恐龙"一词是由希拉文 Dinosaur 意译而来，原来的意思是"恐怖的蜥蜴"，冠以"恐"字表示它们是古代体型巨大的爬行动物，令人可怕。说到"龙"字，在古生物学上对爬行动物通称为"龙"，但这一"龙"字与神话中的"龙"毫无共同之处。恐龙动物的体型，大者体长可达 30 米以上，小者体长不足 1 米。在中生代（延续了约 1.55 亿年）除了海生的鳍龙、鱼龙和空中的翼龙之外，恐龙是陆地上爬行动物中种类和数量最多的动物。它们是巨型的爬行动物，在地球上占据着统治地位。

恐龙的分类

恐龙根据其腰带骨的结构可分为两大类，即三放型的蜥龙类和四放型的鸟龙类。蜥龙类又包括兽脚类和蜥脚类。

蜥龙类 兽脚类出现在上三叠纪，一直延续至白垩纪末期，囊括了所有的肉食性恐龙。如白垩纪的霸王龙、上侏罗纪的跃龙等。它们的特点是前肢甚短，仅以后肢着地，头很大，有大而锋利的牙齿，是当时地球上最凶残的陆生动物。

蜥脚类也出现在三叠纪，到侏罗纪末期达到鼎盛时期，但到白垩纪逐渐衰落，最后全部绝灭。这类恐龙在三叠纪时的种类，个体并不大，如中国著名的云南禄丰龙，体长 5 米，高 2 米以上，前肢短小，后肢粗壮，头骨小，靠后肢行走，以植物为食。

蜥龙类支系中，以产于侏罗纪的雷龙、梁龙和腕龙达到了最大体型，其体长一般在 25—30 米，体重 30—50 吨以上。近期在美国科罗拉多州发现的一具恐龙化石，体重达 90 吨，相当于 18 头大象的重量。这一支系恐龙的特点是：四肢很粗壮，并用其行走；颈部很长，尾也长；头特别小，约只有 0.5 千克左右；脊髓有个膨大的荐神经节，比头大数倍，称为恐龙的第二神经中枢。该类恐龙多数时间生活在植物繁茂的沼泽地上，以植物为食。

一般来讲这类龙多是地质史中陆地上最大的动物，如中国于 1957 年在四川省合川县挖掘的合川马门溪龙完整化石，体长 22 米，高 3.5 米，重 40—50 吨。

鸟龙类 鸟龙类的特征因腰带骨成四叉，很像鸟的腰带，故名鸟臀型，且全为植食性动物。出现较早的如鸟脚类龙中的禽龙，体型较小，而后期出现的种类体型则逐渐变大，如中国发现的山东龙，骨架长达 15 米，高 8 米，是一巨型恐龙。它的特点是嘴宽而扁，很像鸭子的嘴，又名鸭嘴龙，它是世界上已知鸭嘴龙中最大的一种。鸟龙类中除鸟脚龙外，还有剑龙、角龙和甲龙。而且后三类恐龙都是陆生，生有四足，并以四足着地行走，一般体具发达的骨甲，用以自卫。角龙是恐龙中发现最晚的一支，总共生存了 2000 万年，这在恐龙中属于进化历程较短的，到了白垩纪末期，和其它恐龙类一起绝灭了。甲龙一般体长 4—6 米，因头顶和背部有形似装甲式骨

冠龙

绘龙

包头龙

板，又名坦克龙，是距今1.36亿年白垩纪独具特色的恐龙。

中国科学院古脊椎动物与古人类研究所，从中国和加拿大恐龙考察队采集的岩石里发现了一具迄今世界上最小的甲龙化石，它是一条刚出壳不久的幼小甲龙，头长仅2厘米，全身长还不足10厘米，是近期在中国内蒙古自治区的巴彦淖尔盟乌拉特后旗的巴音满达呼发现的。根据该地区发现的其它幼年恐龙化石及它们的集体死亡现象，可推断在中生代将要结束的晚白垩纪末期，这里的自然环境开始恶化，出现了干旱多风沙的气候或某种自然灾害，造成了幼年恐龙的夭折或绝灭。同时，在这一地区还发现原角龙和兽脚类等的大批恐龙化石，以及蜥蜴类、龟类和哺乳类等极为宝贵的远古动物化石，为亚洲、北美大陆曾经相接找到了科学依据。

恐龙蛋化石

1993年春，在中国的豫西南5个乡镇的32个行政村，共7处约80多平方公里的地域，发现了恐龙蛋化石的埋藏。这次在西峡盆地发现的恐龙蛋化石群成窝状、带状大量分布，每个蛋化石均悬挂在石板上，蛋化石的个体有大、有小，每枚大的40—60厘米，小的3—5厘米，处在同一个"带"上的蛋化石有橄榄、椭圆、扁圆等不同形状。调查和探测结果表明，该地7大区域的蛋化石埋藏量不下2.5万枚。专家们测算，从1969年马瑟斯首次在法国南部发现第一枚恐龙蛋化石至今，只在美国、加拿大、蒙古等国和中国的山东莱阳、广东南雄、内蒙古的二连浩特等地零星总计发现503枚，而迄今

河南南阳地区西峡恐龙蛋

在西峡发现的恐龙蛋化石，不算埋在地下的，光已经挖掘出土的已是世界总量的10倍以上。这些蛋化石均处在白垩纪岩层中，距今1亿年左右，而且原始状态保存完好度也是世界史上唯一的，这一发现对探讨恐龙的习性、种类、繁衍行为和方式、演化情况以及地理变迁、复原恐龙时代的生态环境均有重要的科学价值。它亦必将在国际学术界产生广泛的影响，对揭示恐龙绝灭的千古之谜提供罕见的实物资料。

但是，陆地如何分离和漂移，气候怎样改变，对植物产生什么样的影响，恐龙又是如何生长发育繁衍后代、迁徙和绝灭等重大问题，迄今尚没有满意的解释，科学家们求索的目光已经跨越时代的峰峦，正在为人们寻找完美的答案。

幼鳄出壳

母鳄戏子

造以及一些生活习性与绝灭的恐龙类有许多相同点，可为研究恐龙提供参考；此鳄与北美的密河鳄是世界上现存同一属仅有的两个种，但分布却相距半个地球，在第三纪（距今约 7 千万年）时，它们都曾广布于新大陆，故在分布状况上具有残留的特点，实属不连续分布的一例，这对动物地理学的研究是很有价值的。因而，1993 年联合国将扬子鳄列为临危物种和禁运动物。同时，为了保护好扬子鳄，中国也在安徽宣城建立了扬子鳄养殖研究中心，开展人工繁殖和饲养研究工作，并取得了可喜的成果。

扬 子 鳄

扬子鳄（鼍），古名"鼍龙"，属国家一级保护动物。它是中国特有的著名珍稀动物，也是历史的自然宝贵财富。野生现存者仅有 500 条左右，主要分布在中国长江中下游的安徽和江苏，属小型鳄类。扬子鳄的体长一般约 2 米，体重 15—30 千克；头和躯干比较扁平，尾长而侧扁，身上覆以大的角质鳞片及骨板；头略高起，吻短，属短吻鳄类，吻部低平并端生一对可启闭的外鼻子；眼为黑色，体呈灰黑略带浅色横纹；四脚较短，前肢有五指，后肢四指，其内三指均具爪，趾间有蹼；水栖和陆栖，喜欢生活在人烟稀少、终年积水的河湖、水塘之中，并在岸边的芦苇滩、竹林、灌木丛中掘穴而居；洞穴一般距地表深 2 米左右，洞口一个或多个，构造也比较复杂，有洞口、洞道、居室、卧台、水潭和气洞等。雌雄分居，一年之中大部分时间居于洞内；每年从 10 月至翌年 3 月潜伏于洞内进行蛰眠，4 月中旬以后苏醒出洞；夜间觅食，主食田螺、河蚌、鱼、虾及蛙类；雌雄鳄都能发出不同的求偶叫声以吸引配偶，水中交配，体内受精，筑巢产卵，一次产卵 20 枚左右，孵化期约为 2 个月。

扬子鳄在学术上有很高的研究价值，它的心脏由分开的四室组成与鸟兽相同，虽然留有潘氏孔，但是心脏具有动静脉血分流的机能。这在动物进化史上有重要意义。繁殖时造巢，护卵习性像鸟，但靠外界自然温度孵化又像爬行类；孵化温度决定性别（一般 30℃ 以下为雌，34℃ 以上为雄），这在生物学上是很独特的；在生理学上具有能直接利用日光能，食量大可很快长肥，有较强的抗病能力；其形态构

大 壁 虎

说起壁虎，大家并不陌生。夏日的傍晚，在光溜溜的墙壁上或沙窗上，常见到一种头扁平，眼睛往外突出，长着一张大嘴巴的动物在爬来爬去，捕食着落地蚊虫，它们就是壁虎。壁虎包括大壁虎和无蹼壁虎（也称爬墙虎）。大壁虎是国家二级保护动物，由于发出"蛤—蚧"的鸣声又称蛤蚧。蛤蚧是一种著名的中药。大壁虎全身具有细鳞，背部有明显的疣粒；上、下颌生着许多细小的牙齿；四肢发达，指趾端膨大，底部有单行鼍襞皮瓣（似细毛毛），能够吸附在天花板、墙壁、岩石、树皮等上；尾圆，其长略短于头体之和，尾鳞有 6—7 条白色环纹，易断，能再生，再生尾比原来尾粗短；体长一般 30—34 厘米，重近 100 克；动作敏捷，遇异物常咬住不放。在中国分布在广东、广西、福建、云南等省区。印度、缅甸、菲律宾等国亦有分布。

大壁虎

虎 斑 游 蛇

虎斑游蛇，又名红脖游蛇、野鸡脖子、竹竿青、水长虫，该蛇头背面暗绿色，从颈部到体中段的两侧有红色和黑色斑纹错综排列，腹面为青灰色；行动敏捷，受惊时能胀宽颈部及体前部，体前段平扁竖起或呈"乙"字形弯曲，显露其红黑色斑点；颈部膨扁，能分泌一种彩色有毒粘液；有冬眠习性；每年的6—8月产卵，每次产卵少则10枚，多者可达30枚以上，孵化期约50天左右；喜欢栖息于山区、平原、丘陵的近水域地带；主食蛙类、蝌蚪，偶而也食鱼和鸟等。在中国的分布仅次于蝮蛇，在日本、朝鲜和前苏联的远东地区均有分布，是分布最广的蛇种之一，其皮肉及胆均是宝贵的资源。

长期以来，虎斑游蛇一直被认为是分布甚广的无毒蛇，可是，近年被这种蛇咬伤之事时有发生。目

虎斑游蛇

前在日本已将其确定为毒蛇。作为一种毒蛇，它也具有毒器，但它的毒器大别于其它毒蛇，特别是毒牙差别更大，一般常见毒蛇的毒牙分管状牙和沟状牙，沟牙又分为前沟牙和后沟牙。虎斑游蛇的毒牙既无管状毒牙，也无沟状毒牙，称为后毒牙。这种毒牙不直接与颈部的毒腺相连，而呈利刃状，可刺破咬伤部位和扩大伤口，毒液随之进入被咬物的体内，引起蛇伤。

海 龟

海龟因脂肪呈绿色，又名绿龟，属于国家二级保护动物。海龟一般分2—3个亚种，即大西洋海龟、太平洋海龟和日本海龟。其体形较大，一般体长达80—100厘米，体重50—70千克；吻尖，鼻孔长在吻的上方，眼大；身体背腹扁平，背甲呈心形；四肢为桨状，前肢长于后肢，内侧各具一爪，前肢的爪大而弯曲成钩状，雄性尾长达体长的1/2。广泛分布于大西洋、太平洋和印度洋。在中国北起山东、南至北部湾的近海海域均有分布，但以南海和西沙群岛为主要产区。

海龟以食鱼类、头足类、甲壳类及海藻类为生。每年的4—10月是海龟的繁殖季节，雌龟多在晚10点钟以后爬上沙滩产卵，常在礁盘附近，先用前肢挖一深度与自己身高相等的大坑，伏在坑内。再用后肢交替将土扒出，挖一个20厘米×50厘米的"卵坑"，把卵产在坑里，然后用砂子盖上，弄平大坑，再回到海里。每年产卵多次，每次产卵91—157枚，卵白色圆形，卵径41—43毫米，借阳光照射取得热量，经过70—80天孵化。

海龟是一种珍贵海洋动物，全身都是宝，肉和卵可食用，甲可熬胶入药，疗效与龟板胶相同。其导航机制是仿生学重要的研究课题。

海 龟

中 华 鳖

中华鳖是中国常见的一种龟鳖动物,俗称王八、甲鱼、水鱼等。它的身长一般在20—40厘米,重1—1.5千克。其特征:吻长,鼻孔生在吻突端;头和颈均能完全缩入甲内;体盘呈椭圆形,背腹有软甲,体表皮肤柔软,边缘为厚而柔软的结缔组织,称为"裙边";四肢比较扁平,指(趾)间具有发达的蹼及3个爪;雄性体扁平,尾也比较长,且末端露出甲的边缘,雌性恰与雄性相反;行动较迅速;常将吻部伸出水面呼吸,有时上岸晒太阳,受惊时能很快遁入水底泥沙中;夜间活动;卵生,每年春季在水中交配,5—8月产卵,卵产在泥沙松软、背风向阳、有遮荫的穴中。穴深约10厘米,每次产卵2—30枚,常为9—15枚,年产3—5次。卵白色球形,卵径为15—20毫米,卵重约3—9克,孵化期约2个月;有冬眠习性,冬眠期10—11月至翌年的3月,冬眠时群栖于沙泥底;以甲壳动物、软体动物、蚯蚓、鱼、虾、螺和昆虫等为食。比较容易养殖;在中国除宁夏、新疆、青海和西藏外,广布于其它各省区;越南、日本和朝鲜均有分布。

中华鳖的经济价值很高,肉和"裙边"味道鲜美,是驰名中外的滋补品,背甲被称为"鳖甲",含有丰富的动物胶、角蛋白、维生素D及碘等,可入药,有滋阴清热的功效。

中华鳖

鼋

鼋又称绿团鱼,癞头鼋,属国家一级保护动物。

鼋在鳖类动物中体形最大,其体长达100—120厘米左右,体重最大的约100千克;背盘一般长达26—72厘米,最大的可达129厘米;体形不同于鳖和山瑞,头小,吻较宽且圆,吻突短,颈比较长;背盘近圆板形,不凸起,无角质盾片,但覆以柔软的皮肤;体扁平呈圆形;四肢粗壮,指趾间具爪和蹼;每年的春夏季为繁殖季节,雌性多在夜间上岸挖穴产卵,一次产卵27枚左右,在自然温度下孵化期约为一个月;喜欢生活在江河、湖泊、水库等较深的淡水水域。以螺、鱼、虾等为食,分布在孟加拉、中南半岛、马来半岛、苏门答腊、婆罗洲、菲律宾群岛、新几内亚岛和中国的江苏、浙江、福建、广东、广西及云南等省、区。鼋的数量甚少,其经济价值与鳖相同。

绿 毛 龟

绿毛龟是中国的特产动物,由于龟甲上着生大量的丝状绿藻(俗称青苔、绿毛)而得名。绿毛龟的品种较多,总括起来,有野生和人工饲养之分,其习性各异。可形成绿毛龟的龟类较多,如黄喉水龟(又名黄纹水龟、香水龟等)、乌龟、眼斑水龟、黑颈水龟、大头平胸龟和云南闭壳龟等。着生在龟甲上的丝状绿藻主要是基枝藻和刚毛藻。

绿毛龟除具有龟类本身极丰富的营养和有较高的药用价值外,还具有独特的观赏性,若在洁白的盆中养入一只绿毛龟,真像白玉上镶嵌着翡翠一般。特别当它们爬行的时候,长长的绿毛飘拂着,如同万条碧绿的绸带在舞动,美观至极。绿毛龟是龟中之珍品,在世界上享有盛名。

红腹角雉

鸟 类

现在鸟类中最大的鸟要数非洲驼鸟，雄鸟从头顶到脚高约 2.5 米（从背到脚高 1.4 米），体重可达 135 千克，卵重 1.5 千克。最小的鸟是闪绿蜂鸟，两翅急速拍动，每秒可达 50 次以上，它可以悬在空中，甚至倒飞。体重只有 2 克，卵重 0.2 克。在脊椎动物门中可以说是颇为特殊的一大类群。鸟类体均被羽，恒温，卵生，胚胎外有羊膜。前肢为翅，有的已退化。营飞翔生活。心脏是两心房、两心室。骨中空成腔。呼吸器官除肺外，有辅助呼吸的气囊。恒温，不受外界温度的影响，对环境有高度适应能力，在进化上是一大飞跃。全世界现知鸟类 9021 种，中国曾纪录得有 1186 种鸟。

会飞的动物并不全是鸟类，如恐龙中的翼龙，哺乳动物中的蝙蝠、鼯鼠等均会飞，但与鸟不同，它们只有皮膜作为飞翔的工具，而鼯鼠还不能算飞翔，只具滑翔的能力。

1961 年在德国巴伐利亚省索伦霍芬地方附近的印版石石灰岩中发现一件鸟类化石。这是热带海洋浅水的泻湖沉积，由于沉积物细腻，所以化石的骨架被保存下来了，更难得的是还有羽毛的印痕。16 年以后，又从这个地方发现了一具化石，这两件珍贵的化石标本，分别保存在伦敦大英自然博物馆和柏林博物馆。迄今为止这里先后共发现了 6 件化石标本，年代都是在距今 1 万 4 千年前的晚侏罗纪地层。这些标本命名为始祖鸟。

始祖鸟具有一个初龙式的头骨，其上有两个初龙类特有的后颞孔，只是由于脑部四周骨片的扩大而被压缩了。眼孔很大，周围有一圈膜骨片，眼眶的前方有一大的眶前孔。颌部牙齿发育良好，没有胸骨龙突；骨壁很厚，实心。腰带的构造和叉骨的存在是始祖鸟骨骼中仅有的鸟类特征，但这两个特征在某些恐龙中也存在。某些兽脚类恐龙的锁骨就愈合成叉骨式的构造；鸟臀类（也叫鸟龙类）恐龙骨盆各骨的排列方式就是鸟类式的。后肢强壮、脚上有三个向前的趾和一个向后的短趾，这也是兽脚类恐龙的格式。骨质的尾巴更是爬行动物的典型特征。

始祖鸟既具有爬行动物式的骨骼构造，又具有鸟类特有的羽毛，这就把爬行动物和鸟类连接起来了。

由于始祖鸟发现于侏罗纪地层，又具原始性，所以被认为是鸟类的老祖宗。可是到了 1986 年美国古生物学家在美国得克萨斯州西部波斯科城附近发现了比始祖鸟还要早 8500 万年的鸟类化石。其个体的大小与始祖鸟差不多。这个化石鸟的前颌还有牙齿，后部的已经退化。与始祖鸟一样，有一条骨质的长尾，指上有爪。但它的骨骼已经是空心的，有一叉骨，胸骨似有龙骨突起，头骨具有鸟类特征。出产化石的地层为三叠纪（距今 22500 万年），为此，取名为原始鸟。新的化石鸟，年龄比始祖鸟大，身体结构比始祖鸟进步，与现生鸟更为接近。所以有人认为原始鸟可能是现代鸟类的直接祖先，而始祖鸟则是早期进化的一个旁支。

非洲驼鸟跑起来比猛兽还快。

海 鸥

山旺山东鸟（雉科）中新世中期
（距今 2 千万年前）

到了距今 1.3 亿年至 0.7 亿年前的白垩纪。发现的化石鸟已经比始祖鸟大有进步。白垩纪最知名的化石鸟是发现于晚白垩纪（8000 万年前）的黄昏鸟。这种鸟类曾发现于北美洲、南美洲、英格兰，发现得最多的是在北美洲，其中以英格兰黄昏鸟年龄最大，是在距今 1.3 亿年前的早白垩纪早期。黄昏鸟均发现于近岸的海相沉积中。所有黄昏鸟类的胸骨都没有龙突，前肢大为退化，后肢较强壮。推测它们主要生活在水中。黄昏鸟还有牙齿，肢骨是实心的，所以还是比较原始的鸟类。

白垩纪还发现另一种鸟类叫做鱼鸟。它也有牙齿，但隆起的胸骨具龙突，说明已善于飞翔。从身体的大小推测它们的生活习性（也发现在浅海沉积层），很有点像现代的海鸟。

在蒙古还发现早白垩纪时代远古鸟化石，从它隆起的胸骨、伸长的鸟喙骨、愈合的腕掌骨和第三指成为翼骨中的主要指骨等特征来看，与现代鸟甚为接近。除此，中国也有白垩纪的鸟类代表，即玉门甘肃鸟。

黄昏鸟和鱼鸟到白垩纪末期（7000 万年前）就绝灭了。

到了新生代（7000 万年前），鸟类已可分为古腭型鸟类和新腭型鸟类。古腭型鸟类仍保留许多原始的特征，胸骨无明显的龙突，所以叫做平胸类，前肢不同程度地退化，属于不会飞的鸟，例如驼鸟、象鸟、恐鸟、无翼鸟等。

驼鸟是现生种类中体型最大的鸟，现在主要生活在非洲。平胸类中只有驼鸟的化石记录比较完备，可供我们追溯它们的历史。现生驼鸟的化石在土耳其可追溯到晚始新世（4000 万年前），有专家推测，上新世到更新世（1000 万年到 100 万年前）的化石驼鸟——亚洲驼鸟是现生驼鸟的直接祖先。在山西省保德县、北京周口店等地都发现过驼鸟化石，甚至于驼鸟卵化石，在第四纪（100 万年前）从华北至淮河流域都有发现，在这些化石鸟卵中以安氏驼鸟的卵最多。

企鹅是不会飞的水栖鸟类，从澳大利亚的锡莫尔岛和南极洲在晚始新世晚期（400 万年前）发现的化石，已与现生种类在形态上相差无几。现已知有 17 个化石企鹅属，6 个现生企鹅属（18 种）。化石记录表明它们在第三纪（7000 万—100 万年前）时比现代要繁盛。

棕头鸥飞翔力强，食鱼、昆虫等，在中国新疆、青海、西藏、云南有分布。

斑嘴鹈鹕

流敏感探针等方法明确了鸟类呼吸时气流流动的情况是：第一次吸气时大部分空气进入后气囊；呼气时后气囊的空气流入古肺。第二次吸气时古肺中的空气流入前气囊；呼气时前气囊的气体经支气管排出。也就是说吸进一个气团，要经过两个完整的呼吸周期才能通过呼吸系统，即单向流动，这种情况我们叫它双重呼吸。

另外，毛细支气管中的气流与肺毛细血管的血流方向相反，这种逆流交换提取氧的效率远远高于哺乳动物。因而鸟类在高空缺氧的情况下能获得更多的氧并因此活动自如。

麻　雀

鸟类的适应

鸟类为了适应飞翔生活，在身体的结构方面有着很大的变化，例如恒温，减少了像变温动物那样对环境的依赖性；身体呈纺锤形，体外被羽，从而减小了飞行时的阻力；用喙啄取食物，且以其食物的不同，喙的形状也各不同；眼具眼睑及瞬膜以保护眼球；前肢演化为翼，后肢则具4趾；尾端的尾羽呈扇形，在飞翔中起到舵的作用等等。鸟类的适应方面很多，在这里我们只介绍几个主要方面。

鸟类的呼吸系统

鸟类除少数种类不会飞以外，绝大多数的鸟类都是会飞翔的，因之它们的活动性强，耗氧量大。与此相适应，它们的呼吸系统在结构、功能、效率等方面都具有独特性。鸟类的气管长甚至盘曲，末端分叉成支气管，向后延续穿过肺，在肺的后缘与腹气囊相连。鸟类的肺小而致密，没有弹性，容量稳定，由一系列分枝的支气管构成，包括古肺和新肺两部分。

在延脑呼吸中枢的调节下，呼吸肌交替收缩，作用于鸟和腹腔，使体壁做背、腹和侧向运动，导致体腔的容量起变化。因为膈肌没有呼吸功能，所以只引起气囊的容量变化，并且所有气囊的压力同步变化，犹如风箱，使肺内气体形成稳定气流。用气

鸟类的体温

鸟类比爬行动物进步，在于它有稳定的体温（一般在40℃±2℃），为保持体温，鸟类的体表由表皮细胞衍生成羽毛，这些羽毛质轻而韧，富有弹性，具有保温、护体、防水和飞翔的功能。鸟类对羽毛的爱护有如哺乳动物对其被毛的爱护一样，经常洗浴，抖掉羽毛上的尘埃，并用嘴梳理整齐，经常啄取由尾脂腺分泌的油脂，涂抹在全身的羽毛上，防止水分接触到皮肤而降低体温。

鸢

琵嘴鹭

鸟类的嘴和脚

鸟类的嘴和脚也与其生活习性相适应。根据它们栖息环境的不同，可以分为游禽、涉禽、猛禽、陆禽、攀禽等多种类型。

游禽绝大多数的时间生活在水域中，脚一般偏于身后，趾间有蹼，嘴扁阔或尖。善于游泳和潜水，在水中获取食物。它们大多数不善于在陆地上行走。例如秋沙鸭的嘴不像家鸭那样扁平，而是侧扁的，上下嘴裂具齿状喙，适于捕食粘滑的鱼类。鸬鹚是捕鱼能手，用玻璃水池观察它的捕鱼动作，只见此鸟两翼紧收不像企鹅那样帮助划水，入水后羽毛上尽是气泡，像是穿了一身珠衣，迅而猛捷地用嘴衔住鱼，然后浮向水面，出水后把鱼抛向上空中，鱼落下时张嘴吞食。而鹈鹕则是在空中盘旋，见水面下有鱼浮游时，就俯冲而下。但斑嘴鹈鹕的嘴下有喉囊，只能在浅水处，张着大口捞鱼，捞到后闭紧嘴

收缩喉囊将水挤出、才吞食。游禽类的脚，趾间有蹼相联，利于划水，通称蹼足，四趾间全有蹼的称全蹼，有的前三趾间有蹼；有的蹼达趾尖，有的则止于趾的基部。例如小鹏䴘，前趾的两侧均有瓣蹼，各趾不相联，脚几乎生在尾部，所以潜水效能极好。

涉禽的嘴一般细长而直，颈、脚、趾都长，适于在浅水中涉行。利于在浅水中取食蠕虫、软体动物，昆虫和植物的嫩芽等。

猛禽是食肉鸟类，主要捕食鼠类、其它鸟类、两栖类、爬行类等，这些鸟类的嘴强大并弯曲成钩，脚粗壮有力，爪钩弯曲锐利。它们常在高处观察，见有猎物疾飞而下，用爪抓住猎物。

食虫鸟类的种类很多，如杜鹃、戴胜、雨燕、啄木鸟和雀形目中的许多鸟类。它们大多数栖在林间、灌丛间捕食各种昆虫。例如啄木鸟以捕食钻在树皮或木质内的昆虫为生，其嘴直而坚硬，善于凿木，当凿成一个小洞时，伸出细而长的舌，舌端有倒钩及粘液把深藏的昆虫钩出或粘出来。为适应在树干上停留，它的趾生成两前两后，以利抓住树干，尾羽

蓑 羽 鹤

棕颈犀鸟

冠斑犀鸟

燕　隼

亦较硬，支持身体平衡利于头部凿木动作。燕子则在空中捕食飞虫。它们的嘴形扁宽，嘴角有嘴须，在空中飞翔时张开嘴兜捕昆虫，它们的脚短弱，四趾全向前，不善于行走和握枝，却善于攀住垂直的岩壁、土崖等。鹟类则栖在树枝上等候飞过的昆虫，有昆虫飞来时就突然飞出捕捉。某些食虫隼，如红脚隼、燕隼、红隼等，它们能停留在空中，头朝下，频频扇动翅膀，向地面鼓风，迫使草中的昆虫活动，以捕获猎物。

食植物的鸟类也相当众多，例如陆禽中的鸡类在地面活动，而文鸟科的雀类常飞动转换取食地点。例如鸡类的嘴短稍曲而有力，脚健壮，它们善于奔跑而不能远飞。它们先用爪把地面刨松，然后用嘴翻动松土找食。榛鸡生活在北方较寒冷的地区，它们的脚趾间到冬季还生出栉状枝；雷鸟则在脚趾的周围长许多长毛以利在雪地上奔走。文鸟科和雀科鸟类的嘴为锥形，脚则适于跳跃或步行，在地面或作物上啄食种子。交嘴雀的嘴长得很特别，上下闭合时呈交叉状。它们栖息在针叶林中，主要取食松柏的种子、榛子等坚果。鸟类的翅形也随其飞行习性而有区别，善飞的鸟，翅形长而尖，如燕子和海鸟；不善飞的鸟，其翅形短圆，如鸡类、麻雀等。有些善于游泳、潜水的鸟，翅膀还有划水之用。

鸬　鹚

黑头蜡嘴雀

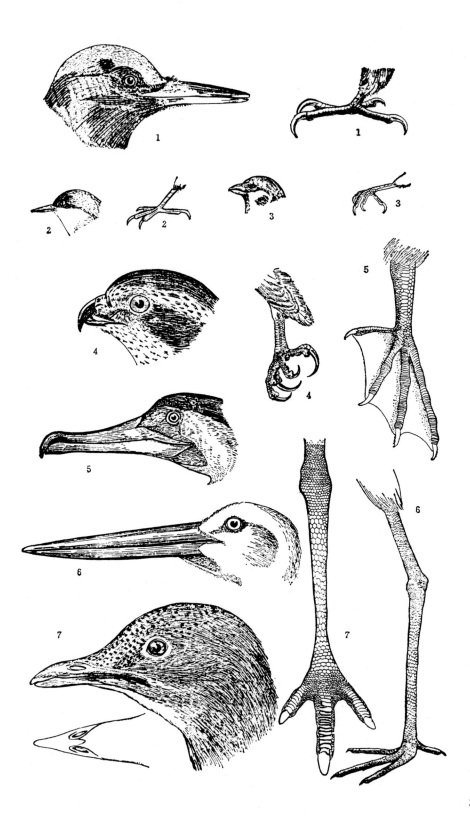

棕颈犀鸟

鸟嘴和脚的适应
1. 啄木鸟 2. 鸱
3. 麻雀 4. 苍鹰
5. 鸬鹚 6. 鹤 7. 鸨

褐鲣鸟

针尾鸭

鸟类的繁殖

鸟类性成熟一般要1—5年,到了每年繁殖期绝大多数的鸟是成对活动的。鸟类在繁殖初期有发情活动,雌雄相遇时,往往雄鸟(少数为雌鸟)表现出特异的姿态和特种鸣声。有些鸟类,例如鸡类,雄性间还要发生格斗;也有的鸟炫耀羽毛和特殊的表态动作,如角雉、孔雀等。有些鸟类求偶时,两只鸟身体的某个部位相接触,如击喙、"亲吻"、抚弄羽毛、头颈交缠或彼此相依等,例如虎皮鹦鹉、鸽子等。

珠颈斑鸠的求偶炫耀比较复杂,在地面上求偶时,雄鸟以雌鸟为中心,在雌鸟周围行走或原地回旋,鞠躬鸣叫;在树上时,雄鸟在雌鸟身旁低头鸣叫,低头抖动在外侧的翅膀或两翅同时抖动;栖在树枝上的雄鸟有时还作婚飞。

公共竞技场上求偶的鸟类

公共竞技场求偶是求偶炫耀的一种特殊方式。在一个公共竞技场,许多雄鸟进行炫耀竞赛,优胜者则获雌鸟并进行繁殖。艾草榛鸡(产于北美洲)的

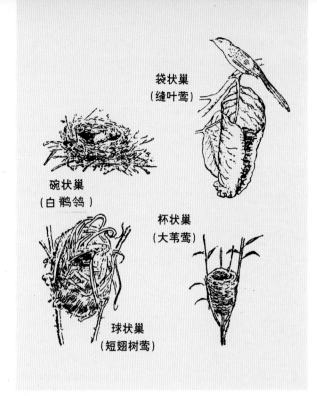

袋状巢
（缝叶莺）

碗状巢
（白鹡鸰）

杯状巢
（大苇莺）

球状巢
（短翅树莺）

鸟巢类型

王企鹅

竞技场相当大，大约有1000米长，200米宽，可容纳400只榛鸡进行求偶竞赛。求偶时，每只雄鸡在各自的求偶领域里进行表演，而雌鸟则在旁边观察，最终选定一只进行交配。

占区的鸟类

占区鸟类在繁殖期间，每一对鸟都要占据一定的区域，在这块地盘里，不准其它鸟类（尤其是同种鸟类）进入，如有进入必定奋起争斗，把侵入者赶出去，鸟类在这一区域内筑巢、活动、取食，所以这块地盘叫做巢区。食虫鸟类对巢区的占有行为

最为明显，巢区的大小可从几平方公里（某些猛禽）到几百平方米（雀形目鸟类）。巢区的大小是可以变的，在适于营巢环境的地域有限，种群密度相对较高时，巢区会被其它鸟类压缩，分隔而缩小。巢区的占有保证了在整个繁殖期内从离巢区较近的地方获得充足的食物。占区期间同时进行婚配炫耀。

筑 巢

筑巢是鸟类繁殖活动中的一个显著特征。巢的功能一般认为巢可使鸟蛋聚在一块，让所有的卵都能同时被亲鸟孵化。鸟巢一般用植物的枝条或纤维、兽毛、鸟羽等编织而成，有一定的保温作用。这就能使卵不时获得孵化所需的温度，对幼雏孵出后的保温及饲育有了保障。

白燕鸥可以说是最原始的了，它生活在热带岛屿上，在棕榈叶与茎连接处有二小叶，白燕鸥就产卵于二小叶之间的凹处，虽经急风暴雨、叶身摇曳，卵仍安稳不因摇晃而堕落，当棕榈叶行将枯落之时，则幼雏已破壳而生。

走禽中的鸵鸟所谓营巢在地上，实际上什么巢材都没有，仅仅是地面上一浅凹而已。抱卵却由雄鸟独立承担。

鸡形目中的塚雉科鸟类营巢习性特殊,自己不孵卵而依靠自然热力进行孵化。苏拉塚雉、摩鹿加塚雉把卵产在阳光充足的海岸沙坑中,利用太阳能进行孵化。

肉垂塚雉则用沙土与草、叶并垃圾混合堆成塚状,产卵于腐殖质中,借腐殖质发酵产生的热量孵化。有的塚雉建造的巢最大可达12米宽,5米高,这种土塚需要花费几个月的时间才能造好。

有些水禽,如鹳鹬目的鸟类用苇叶、蒲草等编织成浮在水面的盘状巢。

有些鸟类则在树洞中营巢,像啄木鸟、猫头鹰等。1959年在新疆天山一河谷间发现秋沙鸭在一高大树木上部的一个树洞中营巢。在雏鸟孵出后,由亲鸟背负离巢降落地面。犀鸟也在高大树木的距地面16—33m处树洞中营巢,但犀鸟自己不啄木,而是利用天然腐朽或白蚁侵食的洞穴,在洞底铺一层木屑,并在洞中产卵,产卵后雌鸟就蹲在洞中不再出来,用自己的排泄物混着种子、朽木等堆在洞口。雄鸟则从巢外频频送来湿泥、果实残渣帮助雌鸟把树洞封堵起来。封堵物因渗有雌鸟的粘性胃液,所以非常牢固。封洞时还注意在洞口留下一条垂直的缝隙,刚够雌鸟的头伸出来。这样,雌鸟在幽闭的洞中数月,全靠雄鸟四处觅食奉养。雌鸟出洞时,身上已换新羽。

有些鸟则觅土洞和在岩石的缝隙里筑巢,如海雀(扁嘴海雀)、山雀(大山雀)、戴胜、翠鸟、赤麻鸭等。雨燕在大的崖洞中筑巢,其中金丝燕具有回声定位的功能。因此能在全黑的洞中任意疾飞。嘴里能分泌出一种富于粘性的唾液,把筑巢的材料,如藻类、苔藓、水草等粘结在一起;方尾金丝燕的唾液一经风吹就凝固起来,形成半透明的胶质物。这种燕窝为名贵的滋补食品。

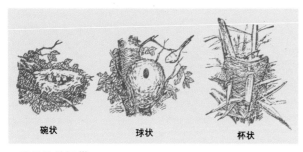

常见的编织巢

碗状　　球状　　杯状

营冢鸟正在测试巢内温度

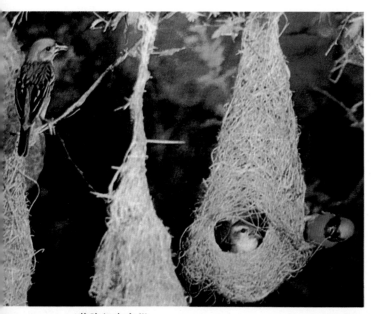

黄胸织布鸟巢

灰眉岩鹀巢

在悬崖峭壁的凹入处营巢的鸟类，例如金雕等大型猛禽和鹱形目的鸟类、黑鹳用树枝搭巢，中层垫有较细的绣线菊、早熟禾的根茎，上层铺以大量的苔藓，还掺杂有少量沙土。

许多鸟类在树上营巢，最著名的当推喜鹊，巢呈球状，以树枝编成，巢的下部内壁填以泥土，再衬草叶、棉絮、兽毛、羽毛等柔软物质，巢口开在侧方或侧上角。喜鹊常用旧巢，每年进行维修。在树枝上做巢的还有非常简陋的浅盘状巢（如斑鸠），精致的杯状巢（如黄鹂、绣眼鸟）。

鸟类中不乏织巢能手，著名的有蜂鸟，能用苔藓造成深杯形的巢，悬挂在小枝或树叶的尖端。分布于中国云南的黄胸织布鸟能用嘴把植物纤维像织布那样编织成瓶形巢悬在枝头或棕榈叶上。长尾缝叶莺营巢在芭蕉或其它植物的大型叶上。它能把大叶卷合，在叶边穿孔，用植物纤维或棉丝像缝衣服那样缝合在一起，成兜状，在其间填苔藓、绒羽等成巢。攀雀能以畜毛、植物绒等织成精致的、悬挂在柳枝梢上呈烧杯形的巢，巢的一侧有巢道先要通过巢道，才能到达巢内。

还有一些鸟自己不造巢，侵占其它鸟类的巢，古有鹊巢鸠占的说法，意思是占有他人的房舍。喜鹊较凶猛，斑鸠是打不过喜鹊的。鸠，说的不是斑鸠，斑鸠自己能筑巢。其实古人把隼也叫做鸠，常见占鹊巢的多是红脚隼。杜鹃自己不造巢，也不侵占他

小小的篱雀正在给杜鹃喂食。杜鹃是占巢寄生鸟类，常在别的鸟巢中生蛋。

鸟的巢，而是利用它似鹰的形态，惊吓其它小型鸟，把卵产在小鸟巢中。杜鹃卵孵化期短，往往比小鸟的卵早孵出来，幼雏出壳后，就把其它的卵拱出巢外。

金丝燕的"燕窝"

白鹳

褐毛鹈鹕

鸟 卵

鸟卵是一个具有石灰质硬壳的大型羊膜卵,主要由蛋黄、蛋白和蛋壳组成。蛋白中含有大量水分,以供胚胎发育过程中新陈代谢的需要,蛋白的内层较稠,随卵细胞的滚动而在两端形成扭曲的系带,由系带把蛋黄悬在卵的中央,卵细胞又由于卵黄颗粒的重力,使胚盘始终朝上,有利于接受亲鸟孵卵。蛋黄由90%以上的碳酸钙和少量的盐类、有机物构成;蛋壳表面还有无数的小孔可以透气。

鸟卵的形状因各种鸟类的不同而不同,如在地面营巢的鸟卵大多一头大一头小。海鸥常在岩崖上筑巢,巢又相当简陋,其卵形近圆锥形,这样,在卵滚动时,以小端为中心滚动,就不致滚散甚至跌落。

褐毛鹈鹕蛋　　　　　　　　　　　褐毛鹈鹕幼雏

绝大多数鸟类的蛋壳表面具有色泽和花纹，这是在鸟卵形成过程中由输卵管下端壁中的色素细胞分泌的色素沉积物涂成的。

一般说来，啄木鸟、翠鸟、鸮、斑鸠、鹧鸪和水鸟的卵壳是纯白色的；鸡、鸭、鹭等的卵壳为淡黄或淡青色；画眉、椋鸟等多为蓝宝石色或白色，鸭科鸟类的卵壳密布玫瑰色细斑；鸮类的卵壳钝端有深褐色的螺旋纹。所有营露天鸟巢鸟类卵壳的色泽都与周围环境色泽近似，形成良好的保护色。

鸟类产一窝卵，其数目是一定的，我们通常称一窝卵的数目为"窝卵数"。亲缘关系较近的鸟类，窝卵数也相近。不过早成雏鸟类的窝卵数要比晚成雏鸟类的窝卵数多，以保证早成雏的成活率。

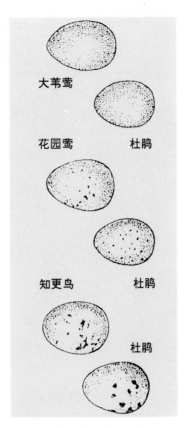

杜鹃卵与寄生卵的相似性

早成雏、晚成雏

早成雏和晚成雏是相对的词。有些鸟类在孵化时即已充分发育，体羽均已长成，通体被绒羽，眼也睁开，俟绒羽干后就能随着亲鸟奔走觅食，称早成雏。如雁形目、鸡形目、鹤形目、鸻形目鸟类。晚成雏就是幼鸟在孵出之后还没有充分发育，全身裸露或仅有几簇绒羽，眼未睁开，须经亲鸟哺育一段时间后，才能独立生活。如鸽形目、䴙䴘形目、雀形目鸟类。

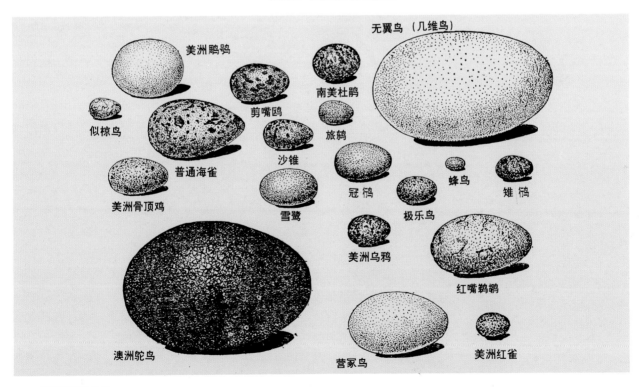

天然的艺术品

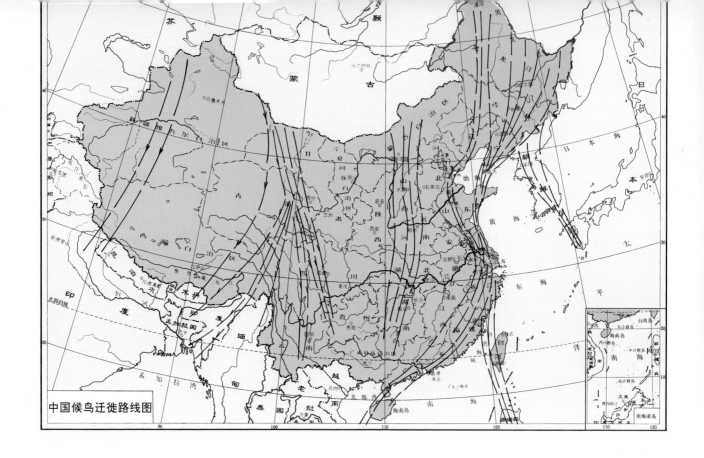

中国候鸟迁徙路线图

鸟类的迁徙

如果我们在一个固定的区域里全年观察鸟类，就能发现有些鸟类，例如喜鹊、麻雀、山雀、啄木鸟等，全年都能见到，我们称为"留鸟"；有些鸟则只能在夏天见到，例如黄鹂、燕子等，这些鸟类我们称为"夏候鸟"；有些鸟只有冬天能见到，例如大雁、野鸭，我们称为"冬候鸟"；有些能见到的日子很少，例如某些鸽类，我们称为"旅鸟"。除留鸟以外，都是迁徙鸟类。

鸟类的迁徙是指鸟类在其繁殖地和越冬地之间进行的一种有规律的迁移。这种移动的基本特点是定期、定向，而且是集聚成群来进行的。

目前研究的结果表明，许多鸟类都要进行季节性迁徙。在欧亚大陆北部繁殖的589种鸟类中，有80%的鸟类都是候鸟，总共约有50亿只鸟要飞往南方去越冬。在加拿大繁殖的雀形目鸟类有160种，其中的120种鸟每年要进行迁徙。

鸟类的迁徙，往往组成一定的队形。并沿着几乎是固定的路线行进。像大雁结成人字形或一字形飞行。迁徙的距离也有近有远，远的可达15000千米之遥。北极燕鸥在北极地区繁殖，却要飞到南极去越冬；迁徙的距离长达18000千米。迁徙时的飞行速度一般为40—65千米/小时，连续飞行的时间可长达46—75小时。

鸟类为进行长距离的飞行，在行前都要储备足够的能量，能量储备的方式主要是沉积脂肪。脂肪不仅为鸟类提供能量，而且脂肪代谢过程中所产生的水分也为鸟儿自身所利用。许多鸟类因储存脂肪而使体重大大增加。生活在北美洲的黑顶白颊林莺和欧洲的水蒲苇莺的体重一般是 11 克左右，但在迁飞前的体重则为 20—22 克，所沉积的脂肪可供其飞行 105—115 个小时。三趾滨鹬是一种在北极和温带之间迁徙的鸟类，体重通常为 50 克，迁飞前却重达 110 克，脂肪储备可维持其连续性飞行 3000 多千米。至于迁徙的时间，也随鸟类的习性而有别，例如食虫鸟类白天要捕食昆虫，故多在夜间迁徙，防卫能力较差的绝大多数小鸟都在晚间迁徙。而猛禽、鹳类则在白天迁徙。鸟类迁徙的飞行高度一般不超过 1000 米，有些大型鸟类能飞跃喜马拉雅山，飞行高度达 9000 米，小型鸟一般不超过 300 米。候鸟迁徙的次序也有某些规律，以越冬区而言，秋季首先出现的个体是幼鸟，占种群数量的大多数，可达 70—75％；但在繁殖区，则以成体雄鸟占先。

鸟类的迁徙是对环境因素周期性变化的一种适应行为，气候的季节性变化是候鸟迁徙的主要原因。北方寒冷的冬季，热带的旱季，都影响着植物的生长，经常会出现食物的匮乏，因之迫使鸟类向食物丰盛的地方迁移，久而久之成为鸟类的一种本能。鸟类的迁徙行为是可以遗传的，哈里斯（Haris）的实验证明了这一点。他把银鸥和小黑背鸥的卵互相交换孵育，得到了 900 只义亲抚养的幼鸟。对这些幼鸟进行环志，结果表明：银鸥幼鸟随着义亲迁飞到了法国和西班牙。小黑背鸥尽管其义亲留在英国越冬，但他们仍和其真正的父母一样迁飞到欧洲大陆越冬。

鸟类是怎样回归的

在观察鸟类迁徙的过程中，人们发现鸟类的迁徙总是沿着一定的路线进行的。迁徙的鸟是如何飞往目的地的呢？有人用飞机把一只普通鹱送到距其繁殖地 5100 千米的地方放飞，结果这只鹱用了 12 天半的时间又回到它原来营巢的洞穴。一只黑背信天翁，被送到 6650 千米以外的地方，它用了 32 天的时间返回营巢地，这就说明鸟类有着定向的能力，而且还相当发达。经过研究、实验，提出了两种假说：一是视觉定向，一是非视觉定向。

环　志

当今世界用来研究鸟类迁徙规律，既经济又有效的方法，但其效率又取决于人民群众的文化素质。

鸟环是由镍铜合金或铝镁合金制成，也可用彩色热塑性塑料制成。环上刻有国家、环志机构名称（缩写），和地址（信箱号），还有环的编号和鸟环类型。

鸟类环志工作者在鸟类迁徙的路线上找到其经常休息取食的地方挂张网，有时还要利用扩音器扩放鸟类（根据鸟类迁徙时间）的鸣叫声，以吸引同种鸟类停息下来。并触网而被捕捉。使用张网时还需要时常巡视，因为鸟儿落在网中时间一久，就会发生死亡事故。发现有鸟儿落网就要非常小心地把鸟儿从网上摘下来，不要使鸟儿受伤。摘下后使用合适的环志戴在鸟的腿上（跗蹠），有的可戴在颈上、翅根上、鼻孔上或蹼上。戴好环后还要进行必要的测量（体重、体长、翅长、嘴峰长、跗蹠长、尾长，瞳色等）并把这些数据登记在环志鸟的专用卡片上。每鸟一张卡片，卡片上还要写下鸟名、捕捉到和放飞的地点、时间等。一切做完，就地放飞。

当其他人回收到戴有环志的鸟，把鸟环上的号码记下，按照环上地址写信说明这只鸟是在何时、何地捉到的，并就地放飞。如果发现的是一只戴有环志的鸟尸，那么就把环取下来，寄给环志单位。当环志单位收到这一信息后，必然要把这只鸟的卡片复制品寄回给投寄人，使投寄人能够知道这只鸟是何时、何地环志的，也就是了解到从哪里飞来的，距离有多远，费去多少时间等信息。

一群多达 5 万只的牛羚在东非平原上迁移，寻找新生的青草。

哺 乳 动 物

　　会飞的蝙蝠、会跳的袋鼠和会跑的马、牛、羊、兔及老鼠等都是用乳汁哺育幼仔,均属哺乳动物。这类动物统称哺乳类（或兽类），它们是脊索动物门中发展最高级的一类动物。起源于中生代的爬行类,在历史发展的长河中,逐渐形成了一系列进步的特征,如：全身被毛；体温恒定；除单孔类外,全为胎生,并用乳汁进行哺乳；头骨有两个枕髁与第一颈椎关联；上下颌一般都有牙齿,多为再生齿,且分化为门齿、犬齿、前臼齿和臼齿；心脏分为二心房二心室,右心室将新鲜血液通过左动脉弓泵至全身；温血；脑颅扩大,容量增加,皮层发达形成高级活动中枢。因此,哺乳动物无论从生态类型还是地理分布均比其它任何一类动物更为广泛和多样。它们不但种类繁多,而且千姿百态,有陆栖、水栖和半水栖。其分布几乎遍布全球。

哺乳动物的分类

全世界现存哺乳动物有 19 目 123 科 1042 属约 4000 多种，中国有 11 目近 500 种，占有世界总数的 12％左右，分为原兽亚纲和兽亚纲（包括后兽和真兽次亚纲）。

原兽亚纲

原兽亚纲是现生哺乳动物中最原始的类群。它们还保留着许多爬行动物的特征。泌尿、生殖、消化均在消化管道末端通入单一的泄殖腔，故得名单孔类。单孔类又是哺乳动物中原始的卵生类群，产富含卵黄的大卵并带革质壳。雌兽具有孵卵习性（如鸭嘴兽），或将卵放入特殊的育儿袋内（如针鼹）进行哺乳。雄性体外无阴囊仅有一小的阴茎，位于泄殖腔内（似龟类），其背部的沟已成为一管。体表有毛并有不具备乳头的乳腺，乳腺管开口于腹壁的乳腺区（这是哺乳动物的特征）。哺乳时仰卧由仔兽舐吮乳汁，其体温波动在 26—35℃之间，处于由变温动物向恒温动物过渡的类型。本纲只有单孔目 1 目 2 科 3 属 6 种，鸭嘴兽和针鼹是它们的代表种。主要分布于澳大利亚、塔斯马尼亚和新几内亚。

兽 亚 纲

兽亚纲又分为后兽次亚纲和真兽次亚纲，主要是胎生兽类，现生者有 18 个目，而中国有 13 目 54 科 210 属近 500 种。其中 1 目 9 科 81 属约 250 种属后兽次亚纲，其余全为真兽次亚纲。

后兽次亚纲包括各种有袋类，如鼠负鼠、负鼠、大袋鼠等等，所以又称有袋亚纲。该纲动物虽然胎生，但大多数无真正的胎盘，雌性都有特殊的育儿袋，幼仔初生时小而发育不完全，需要在育儿袋内继续完成发育。但负鼠类则又由于育儿袋发育不完全，所以幼仔生后 4—5 周就离袋而转移到母亲的背上或腹下，母仔间以尾相绕或用乳头相连，携仔活动。这类哺乳动物在进化上介于卵生的单孔类和高级的有胎盘类动物之间。产于南、北美洲、澳大利亚及其邻近岛屿。包括多门齿亚目、新袋鼠亚目和双门齿亚目。

真兽次亚纲又称有胎盘亚纲。包括各种有胎盘类，主要是胎生兽类，它们具有真正的胎盘；胚胎在母体子宫内发育时间较长，通过胎盘吸取母体营养，出生幼仔发育完全；雌性有发达的乳腺并具乳头，仔兽能独立吸吮乳汁；体温高而恒定（一般维持在 37℃左右）；异型齿，齿式固定；大脑发达，大脑两半球间有胼胝体相连。主要包括食虫目、树鼩目、皮翼目、翼手目、灵掌目、贫齿目、鳞甲目、兔形目、啮齿目、食肉目、鳞脚目、鲸目、海牛目、长鼻目、偶蹄目和奇蹄目。

负 鼠　　鼠负鼠

大袋鼠

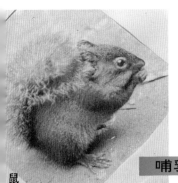

鼠

哺乳动物的适应

哺乳动物与外界环境的关系是极其错综复杂的。环境一般可区分为生物因子和非生物因子两大类。生物因子可称有机环境，主要指植物、动物（含种内和种间关系）以及微生物等因素；非生物因子亦可称理化因子，主要指气候、基底和水等自然因子。基底则系指动物生命活动过程中栖息、隐蔽、活动和觅食的环境，如土壤、岩石、树林等均是陆生哺乳动物的基底。基底的类型与结构能影响哺乳动物的分布；水分能影响哺乳动物对栖息地的选择；气候包括光、温度、湿度等因素。光是宇宙中最恒定的因子，光辐射把大量的能量带到地面，有机体生活所必需的能量几乎全部直接或间接地来源于日光能。到达地球上各地的辐射量，是由白天的持续时间、太阳的照射角度和大气层的透明系数决定的，因而一年四季及同一季节到达地球不同纬度带给地表的辐射能有明显差别，故引起各地气温、雨量、湿度诸方面的变化，最终必然影响到哺乳动物的生活和生存。特别是温度，它是大多数动物的一个重要限制因子。虽然大部分哺乳动物在不同环境温度下能调节产热和耗热来维持正常的体温。然而，许多种哺乳动物只适应于有限的温度范围内。地球的每个角落均生活着形形色色的哺乳动物，这里着重介绍它们为了生存对非生物因子的辐射适应。

对炎热和高温的适应

夜行和穴居 生活在沙漠或草原地区的许多小型哺乳动物，为了适应生活环境而过穴居生活，特别是鼠类差不多都是利用洞穴作隐蔽所，以躲避天敌，保护幼仔，贮存食料，适应不良的气候条件。灰鼠、小飞鼠利用树洞作巢穴是树栖鼠类；生活在草原和沙漠上的鼢鼠和鼹形田鼠，终生都生活在地下洞内；黄鼠和旱獭等一年中几乎有半年时间在洞穴中过；鼠兔、布氏田鼠和长爪沙鼠等生活在干草原或荒漠化草原上，因为栖息地的隐蔽条件较差，一般均有极其复杂的洞系。每条洞系包括越冬洞、夏季洞和临时洞，夏季洞和临时洞的结构比较简单，越冬洞比较复杂，分洞道、仓库、巢室和厕所等，长达几十米，通往地面的洞口也较多，一个洞系有时洞口多达数十个形成洞群（如鼢鼠洞系）。当地表温度高达59℃时，大沙鼠洞内距洞口70厘米处的洞道仅28℃。鼠类道洞的挖掘活动对草场有极大的破坏性，应对害鼠采取防治结合的有效措施，防患于未然。

喜马拉雅旱獭

北极黄鼠

花 鼠

虎

伸着舌头气喘散热的狗 德国牧羊犬

蜂 猴

当沙漠或热带地区白天炎热时，子午沙鼠等躲进地下洞穴并堵住洞口；眼镜猴、蜂猴（也称懒猴）等则攀在通风阴凉处的树枝上，待天黑以后，地面温度降低、湿度较高时，它们才到地面或树木之间进行活动觅食、梳理等等，开始夜行生活。

精确地选择适宜生境 哺乳动物因为有发育良好的中枢神经系统，对生境可以进行精确的选择。如当其生活地区夏季气温高达45℃以上，土温达70℃时，象和狮子为躲避阳光直射，到树荫处或河边休息，伸展身体使肚皮贴着地面，以便从潮湿的地表获得凉爽，狮子还常爬到通风良好的树干上在其枝间睡午觉。虎在天气闷热时，则到河里或池塘中长时间浸泡和水浴。印度象和非洲象均喜欢冷水浴，常用鼻子吸水喷洒在身上，幼象爱在水边玩耍。当水域干涸变成泥塘时，非洲象、犀牛和水牛又常进行泥浴，或在泥中午睡，然后它们喜欢在岸边休息，借助体表水分蒸发时散热、降温。水生哺乳动物使整个身体沉浸于水中，以头对着流水的方式散发体温。

非 洲 狮

美 洲 狮

利用气喘、分泌唾液代替出汗散发热量　在哺乳动物中，偶蹄类及一些食肉类动物没有汗腺。如狗在夏天气温高时，总是蹲在荫凉的地方伸着舌头喘气，来散发体温；奔跑的猎狗则是通过喘气和体内暂时贮存余热的方式调节体温；还有的利用分泌大量的唾液代替出汗散热，运动停止或天气凉爽时，则又恢复了正常。

夏眠（详见"动物的休眠"）

象在喷水

象　群

丛林猫

白熊（北极熊）

毛的组成 毛由绒毛、针毛（粗毛）和触毛（感觉毛）组成，它由爬行动物的体鳞进化而来。哺乳纲动物的特有结构——毛被，就是由毛组成的。至今在一些鳞甲类和啮齿类的尾部，尚能见到毛与鳞共生存的现象，如穿山甲。它的主要作用是隔热，其次是使哺乳动物与生活环境形成对应色型，起保护作用，如雪兔等的毛色可随环境而变化。

赤斑羚

对寒冷的适应

被毛 全身被毛是哺乳动物适应环境的一种有效方式。由于生境的不同，被毛的质量、组成、疏松程度等亦有差异。如生活在极地的北极狐和北极熊（也称白熊）等都具有十分保温的被毛；单峰驼等一些大型哺乳动物均具有很丰厚的被毛，在太阳辐射程度很高时，脊背温度可高达 65℃，但深部体温仍保持在 39℃ 左右。因为毛是无生命的，不受太阳辐射的灼伤，又起隔热作用，使毛被与皮肤之间形成温梯度。这种温梯度是受毛被质量和季节影响的。因而，一些哺乳动物，如丛林猫、鹅喉羚、鬣羚、赤斑羚、野牛等等，均有换毛习性。通常一年有 1—2 次周期性的换毛，多在春秋季有秩序地脱换，一般先从头部开始。夏毛短而稀，冬毛长而密，保温性能良好。毛被在动物全身覆盖是不均匀的，其腋下、腹股沟、阴囊、乳房等部位裸体，如同一个气窗，可调节体温。生活在极寒冷水域的鳍脚类靠毛被和皮下脂肪绝热。一些无毛或几乎无毛的哺乳类，不是生活在温暖的水域，就是有某些特化的组织隔热，例如基本上无毛的鲸和海豚等动物，有一层厚厚的起隔热作用的鲸脂和复杂的热交换血管网络。生活在北方海洋中的海豹，能在冰水域中游泳，其皮肤不被冻伤，主要因其皮肤细胞对寒冷适应能力很强，曾有专家将人和海豹皮肤细胞一同放入 4℃ 条件下培养，结果海豹皮肤细胞能生存 6 个月，

鹅喉羚

双角犀（母与仔）

比人皮肤细胞生存时间长 10 倍。毛相当稀少的象、河马与犀牛，除生活在温暖地区外，尚有厚皮，巨大的身躯，体表面积相对而小，亦有利保持体温的恒定。

局部异温 哺乳动物全身的温度不一样，称之为局部异温现象。这样能减少能量流失，仍然是对寒冷环境的一种适应，例如狗体表温度比其深部低得多，尤其脚、腿、尾、耳尖、口和鼻部温度均比体表其它部位低，这是它们经济利用热能的一种方式。

冬眠（详见"动物的休眠"）

此外，某些哺乳动物穴居也有防寒之意。如在早春地面气温仅有 3℃ 时，沙鼠洞道内的温度保持在 19℃。在天气比较寒冷时一些鼠类、猪类、蝙蝠类等等，常采取群栖方式来大幅度降低每一个体对热能的需求量，以利防寒。

香 猪

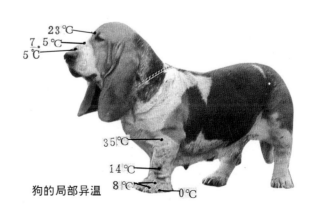

狗的局部异温

野 牛

鬣 羚

海 豹 群

狐 蝠

蝙 蝠

对沙漠环境的适应

生活在沙漠地区的一些动物，如野驴、曲角大羚羊、骆驼等等，当失水量达身体重的20—25％时，仍能照常生活和工作，若及时给它们饮水，10分钟后即可恢复原来的体重，这主要是它们有特殊的身体结构和生理功能来防止脱水。如素有"沙漠之舟"著称的骆驼的驼峰，不但是其能源的贮备所，而且也是内在的水库。驼峰的峰脂肪一般占体重的20％左右，当缺水时，每克峰脂肪代谢可产生1.07克的水；骆驼的血液内含有一种特殊的蛋白质，在缺水的时候，它能使血液中水分保持在一定水平上，当其失水量占体重20％时，血浆中仅失水1升，所以，它的血液循环仍能正常进行；骆驼的饮水方式与众不同，它是世界上最耐渴的动物。当它们行走在一望无际酷热干旱的沙漠地区时，可以连续10天不饮1滴水，一旦遇到水源后又可一次畅饮200升左右的水。这样的饮水方式对于其它动物是危险的，因为一次饮水过量会使血浆浓度发生难以承受的急剧变化。然而，骆驼却安然无恙，因为骆驼大量饮水后，水分不是贮存在胃内小囊中，而是直接进入血液，然后通过垂体腺分泌的抗利尿激素减少，从而能阻止水分回渗至血液中；或是醛甾酮分泌量增加，能使血液中的钠离子保持平衡，从而能避免血液不因大量饮水而过于稀释；或是通过消化道吸收

野　驴

血液中的盐分；或是红血球吸收水分，膨胀成圆形，但不会爆破而产生溶血现象等方法，来使血浆浓度基本保持平衡。正是由于它们有这样的功能，所以才具有特别耐渴的本领。再者骆驼的鼻子结构特点是其自身脑部空气调节系统，在饮水充足的白天，行程跋涉中炎热时利用排汗来维持体温在37℃，而当体内脱水时则又利用减少排汗来升高体温保存体内剩余水分。如有的骆驼体温可高达41.5℃，但由于其鼻子有特殊功能，不但可保护其脑不受升高体温的影响，而且还会将流向脑部的血液渐渐冷却。到了夜间，骆驼的鼻子又会使吸入的气体变凉，从中吸取水分存入体内。

另外，生活在热带沙漠地区的哺乳动物的肾小管比一般动物的长，这样有利增加吸收尿液中水分的面积，从而减少水分的排出；有的鼻道狭长而弯曲称之为"冷鼻"，其作用是当体内呼出的热气通过时，被粘膜冷却成水点，重新被吸收。如美洲沙漠上有一种更格卢鼠，自己呼出的水汽，通过冷鼻后80％又作为水分重新被吸收回去。非洲跳鼠、小沙鼠、单峰驼等，则利用浓缩尿液，变干大便，减少水分排出等方式适应干旱环境。

曲角羚（母与仔）

骆驼

生 态 位
物种生物群落中的地位和作用。有时虽以个体为对象，也多是把它看作物种的代表。不过也有人把生态位视为生境的同义词。

哺乳动物的行为

行为这一概念一般适用于生物体（植物、动物乃至人类），行为的特性与动物的形态和生理特性一样，不但同时受到遗传和环境两方面的影响，而且也是在长期进化过程中通过自然选择形成的，同样也具有种的特异性。有时候，两个从形态上很难区分的物种，却可通过不同的行为型加以辨认。在自然界，行为型常常是近缘物种的种间隔离和种间辨认的一个重要方面。当然行为又是进化和发展的，在自然条件下，为了创造和选择适合自己生存和发展的生态位，动物逐渐由天赋、定型的行为演变为利用经验，即通过学习、推理等后天获得的行为。关于这一点达尔文早在 1859 年出版的《物种起源》一书就已提及，摩尔根和许多行为学家也作了大量的工作。但达尔文是用自然选择学说来解释自然界中同种生物内部不同个体的生存竞争，随着行为的发展，用这一观点来解释动物的利它行为显然不能自圆其说。在进化论中，人们常将衡量一个个体存活和生殖成功的尺度称作适合度，适合度越大，个体存活和生殖成功的机会就越大。但动物的利他行为增加的不是自身的适合度，而是他人的适合度。到了 20 世纪，动物行为的进化受到分类学家、动物学家和进化论者的广泛重视。因此，行为学家们首次用亲缘选择的概念，较为合理解释动物的利它行为。近年来又创建了行为生物学和行为遗传学，为研究行为的进化提供了新的条件。最初

黑 猩 猩

是对果蝇的行为研究，逐渐发展成为对多种动物不同类型的行为研究，揭示出最低等动物的行为都是先天的、定型的。从扁形动物开始出现了简单而初步的学习行为，而且随着动物的进化，人们对这种行为的研究越加广泛和深入；哺乳动物的行为是由本能和学习相结合型的；而高等灵长类，判断和推理行为能力不断增强。在众多的研究中，特别值得一提的是对黑猩猩在自然条件下的观察和分析，它将有助于揭示人类行为的形成和进化。

哺乳动物也与其它动物一样，任何瞬间都与来自环境的各种信息（如捕食者、食物、同种或异种成员的出现等等）有关，因为环境信息是极其复杂多样的，但对某一动物个体来说，只有一部分具有生物学意义。所以，在自然条件下生活的动物，能准确地选择刺激则显得格外重要。因此，便形成了各种类型的行为。

个体行为

个体行为（为包括先天行为和学习行为）是动物在进化过程中由遗传决定的，也就是动物出生后自然表现出来的一系列适应性反应，如吮吸母乳、性的成熟、鼠类的道洞、鸟儿的筑巢、求偶交配等等。它在同类个体中其表现型是相同的，不因外界环境因素变化而改变，并是其它行为的基础。但是，与成年动物相比，幼龄动物的许多个体行为尚未出现或者很不完善。如羔羊出生后虽然知道要吮吮乳汁，然而头几次总是不能准确地找到乳头的位置，站在母羊腹下前后乱撞，经过几次学习就可迅速而准确地找到乳头的位置，即便母羊正在行走，羔羊仍能吃到母乳。与其它动物相比，哺乳动物均有令人感慨的母爱行为，一旦幼仔出生，母亲立刻舔干它们身上的胎水，并进行精心抚育。如梅花鹿，幼鹿生后的第 2 天便随母鹿出去活动，但在觅食时母鹿总是先到林间草地四处探望，在确定没有任何险情之后，才回到林里把幼鹿带出来，一旦发现险情，母鹿马上发出一声惊叫，带领幼鹿飞奔回林，表现出一种极强的母爱行为。母兽行为是幼兽学习的楷模，特别是高等灵掌类和大型哺乳类，如大猩猩等。由于母兽护养幼仔的时间较长，幼兽有更多的机会观察及模仿母亲和同类其它成体的一系列行为，使它们变得更聪明。而且，幼兽在发育的早期阶段接受成体的经验形成印痕，对其以后的生存具有很高的适应价值。印痕是哺乳动物生命早期阶段一种快速学习的类型，而且是一种有长期效果的学习，它是幼兽易于驯养的基础。当然，动物的学习亦是多方面的，除了简单的习惯性、条件反射、戏耍行为外，还有与人类相似的较高级的洞察行为等等，均属个体行为的范畴。

亨利·法布尔
（1823—1919）

法国人。他是最早在自然环境中仔细观察动物的科学家之一，是第一位把观察到的材料清楚地记录下来的人。他曾用 40 年时间，观察蜜蜂和黄蜂的生活，以精悍的笔锋，细致地记录、描写了昆虫的行为，并说明了它的复杂性。此外，还著有记录蚊、蝇、甲壳虫、毛虫、蜣螂等行为的《昆虫志》。

背背幼仔的大猩猩

对鹿戏耍（梅花鹿）

赤斑羚

劳德·摩尔根

（1852—1936）

他的工作比达尔文晚50年，他的研究表明人们可以用更简单的思路去解释动物的活动。用最简单的语言阐述动物动作，可能是正确的。从他的著作问世以后，"拟人说"的倾向才真正地被否定，结束了长时期一直主宰行为研究的错误倾向。

伊万·巴甫洛夫

（1849—1936）

著名的俄国生理学家。他在一生最后的30年，对高级神经系统的研究做出了卓越的贡献。他的科学成就大致分为三个时期，即属于三个领域：生理学、消化生理学及高级神经活动生理。1904年获得诺贝尔生理和医学奖。主要著作有《主要消化腺讲义》、《动物高级神经活动客观性研究20年》及《大脑两半球活动讲义》等。他曾说过："我们的脑髓有这样大的贮藏力量，有这样多的精密联系，就是一个人能活一百年，也不能把天赋的条件返射使用到一半。"此话对渴望求得知识的人们尤其是学生们来说，是极大的鼓舞和激励。

放哨

猕猴群

猎豹

羚 牛

社群行为

　　这一行为类型在哺乳动物中已经形成，并高度发展，是具有实践应用价值的行为模式，利用这种行为模式研究动物，使动物的个体与群体之间、生物与非生物之间的复杂关系更趋于协调。主要有集群行为、社群序位行为、领域行为和利他行为等。

　　集群行为　营集群生活的哺乳动物多为野生，它们为了自由自在地生活在荒山僻野、茂密的森林和浩瀚的大海中，不但需要以行为协调环境，还必须与种内或种间保持一定的协作关系。因此，一些哺乳动物便集聚成群躲避敌害、增强防御、共同捕食。群体分为开放群和封闭群两类。其特点为：前者群体成员间可自由交换，成员的进出并不影响整群行为，多见于迁移性的哺乳类；后者群间不发生成员交换，同群或异群中成员都能互相识别，同群成员之间保持着各种联系，群中缺少某一个体，整群行为将受到不同程度的影响，如果发现自己群内有异群个体存在，则表现出敌对的攻击行为，甚至发生格斗致死。但两者之间也不是绝对的，如灵长类和犬科动物的封闭群中，有时也出现成员之间交换情况。在实践中，不同种类的动物所集聚的群体大小各异，对同一种类的动物而言，因条件的不同，其群体的大小也不尽相同。

斑 羚

狮子捕食斑马

南美洲卷尾猴

黑叶猴（母与仔）

哺乳动物集群行为的生物学意义：

1.集群有利于发现捕食者的逼近。因为该类动物都具有比较发达的大脑，通常表现出有高度的警惕性，它们可凭借自己的视觉、听觉和嗅觉来探测敌害的情况。如上述的猕猴群，其成员在取食、玩耍等活动时，各群均有成年体壮的雄猴站在大树或突出的岩石等一些易于观察到四周的位置上站岗放哨，一旦发现险情，担任站岗的猴则会迅速摇动树枝或发出"呜、呜"的报警声，使欢腾的猴群立刻处于紧急戒备状态，以便及时逃离；而斑羚群受到惊扰时，则向不同方向奔跑，使捕食者不知所措，迷惘不前。因此，集群行为大大减少了被捕食者所遭受的袭击，起保护作用。

2.集群行为增强了哺乳动物的防御能力。猕猴群是个团结友爱的集体，行动很有秩序，一旦发现敌情便整群小心翼翼地撤离，一般在猴群的前面有探路的，群首有领队的，群尾有壮猴压阵，母、仔、幼、老年猴夹在中间，形成几十米到上百米长的队伍。如果群中有成员老死或遇难时，也会出现情绪低落、默默无声等现象。麝牛群，当受到狼群围攻时，便围成一圈，把易受攻击的个体保护在中间，体壮者都站在最外圈，其头一律向外，使角对着狼群，并将自己的群体密集收缩，使捕食者（狼）无法进入内圈捕捉幼体。羚牛、狒狒群的结构较为复杂，因其成年雄性有巨大的犬齿和健壮的四肢，它们在群的前面或后面，遇敌时共同发出威胁或佯装进攻，用这种方法常可赶走豹类等。鹿类、羚羊类等也同样依靠集群行为来对付捕食者。

3.集群行为有利于协同捕食。狮子等食肉目动物靠集群行为协同捕食现象极为明显。因为狮子虽有惊人的体力和速度，但它们不善于长距离追捕，只能在离猎物较近时突然迅速袭击。狮群一般由雌狮担任狩猎，雌狮们若在某处发现猎物——成群的草食动物时，便散成扇面形，排成长弧形队，朝猎物方向潜行，其中1只雌狮猛然向被捕食者发起攻击，或者先由1—2只雌狮突然打入被捕食者群中将其群冲散，并将其中的部分动物赶到隐蔽的雌狮群旁，再一同捕获。若某只雌狮一时未能杀死猎物，其它雌狮便立刻予以援助。它们利用这种方式捕食的成功率可由原来的15%提高到30%。而且不仅能使雌狮们捕到大型和有危险的猎物，还可有效地保护猎获物不被别的动物抢走。狼的体重不过30—40千克，但它们通过集群行为协同捕食，便能捕到比自己重得多的驼鹿。体重20千克的豺，能协同捕获80千克重的鬣羚或几百千克重的水牛，甚至凶猛的成年豹等等。这类行为在哺乳类以外的动物中也很普遍。

社群序位行为 许多哺乳动物，特别是灵长类，社群中等级制度极为明显。在猕猴群中，成员一向和睦相处，生活上同甘共苦，但分工明确，每个群都有健壮高大的雄猴任首领，即猴王。猴王在群中的地位至高无上，它可对群发号施令，指挥行动，优先取食，随意占有发情的雌猴，全群受它独自支配，甚至成员间发生矛盾也要由它出面调解和裁决，但王位来之不易，亦非终身制。一旦群中出现精明强健的雄猴，它就要对其挑战，发起争夺王位的搏斗，最终胜者为王，败者有的被赶出群沦为孤猴，或另外组群，或加入其它群。在群里享有二等待遇的则是当年出生的仔猴和雌猴，在行动和取食等诸方面均受到特别的优惠和保护，地位最低的当然就是争不到王位而体格强壮的雄猴，经常受猴王的虐待和刁难，还要做苦役。社群等级序位行为在灵长类、鹿类，甚至鳍脚类动物群中较为显著。如南美洲卷尾猴、黑叶猴、菲氏叶猴、黄狒狒、黑麂和海象等的社群中均有典型的序位等级。

黑 麂

阿拉伯狒狒

斑 马

节尾狐猴

蜘蛛猴

领域行为 哺乳动物的领域行为，分为群体领域行为和个体领域行为两种，所占据的领域也相应地分为群体领域（有资源领域）和个体领域（无资源领域）。前者多见于鳞脚类、有蹄类、鼠类、食肉类和少数猴类。如斑马、野驴、犀牛、节尾狐猴、猎狗等。领域的大小也因动物种类和领域性质的不同而异。猕猴群一般活动区域比较固定，通常直径为10千米左右，界线也较为明显，群与群之间互不侵犯。在一个群内若发现有异群成员加入，则全群出动奋勇抵抗，常引起格斗或厮杀。群体领域多由雌性和幼仔共同保卫；个体领域多为雄性所占有，一般指一些求偶场所。每只雄性所占据的个体领域都很少，特别是鸟类仅有几厘米，哺乳动物的虽然大些也不过几米。可是，它的作用很大，雄性者站在其中央，以自身炫耀行为把周围发情的雌性都吸引到它身边来，几乎垄断了所有的交配机会。然而，动物领域的大小也绝非固定不变，它随动物的年龄、生理状况、个体和群体的运动能力、种群密度、食物的丰富程度、隐蔽条件、季节及气候的变化而变化。食肉类的领域一般远远大于食草类，因为肉食动物的取食和繁殖等都在所占有的领域内进行。哺乳动物领域的建立对群体和个体均是有利的，由于领域行为和领域的占有保证了占有者具有丰富的食源；减少了生殖期间同类的干扰；一旦发现敌情能快速躲避。

象在殴斗

斗争行为 这种行为主要发生在社群内外或同异种之间。群内个体间竞争范围和方式取决于各种因素，如利害关系、亲缘关系、双方的竞争力、合作程度和社群结构特点等等，但多数是为了争夺生殖优势和竞争食物。

在群内争夺生殖优势的斗争，多发生在雄性个体之间，如大象、羚羊、叶猴、斑马和啮齿动物等。这类动物的竞争非常激烈，似乎只允许最优势者称王称霸，而不允许其它雄性存在。在没有亲缘关系的食肉类社群中，雄性个体间势不两立，竞争表现为格斗，甚至用扼杀竞争对手的后代来增强自己在群中的遗传优势。这种行为导致雄性个体体形增大，生有专门格斗的角或锋利的爪等。狮群比较特殊，群内没有等级分化，在一个群里可允许两只

或多只雄性享有交配权。雌性间也有生殖竞争，但不激烈，而且不影响生殖合作，如犬、狼和狮子等，都经常带回食物喂同类的幼仔，还精心护养它们。雌狮能让其它雌狮生的幼仔吸吮自己的乳汁，并协助保卫它们，这种公共哺乳现象在动物界是罕见的。

丛 猴

婴 猴

小熊猫

大熊猫

在食物竞争方面，常因食物的性质、利用方式的不同而影响竞争的范围和激烈程度。对于一些草食性的哺乳动物，由于四处漫游，走到哪里吃到哪里，群内几乎不因增加新伙伴而产生争抢食物的斗争，只是随其群体的扩大而漫游得更远些。然而对于一些吃果食的灵长类，如蜘蛛猴、松鼠猴、婴猴和丛猴；食肉目的大熊猫、小熊猫和阿穆尔豹猫等，因为经常发生食物短缺，所以群内常有竞争食物现象。关于斗争方式，在同种内因格斗致死和损伤者并不多见，多数表现出一种仪式化的格斗，如羚羊对立双方，一开始气势汹汹用角猛撞，继而角交叉，甚至相互卡住，形似拉锯式，这是一种无害格斗。还有一些动物以威胁、吓唬方式斗争，如犬科动物的咆哮、露牙、竖起背毛；鹿科动物的垂耳、伸颈、将角尖指向对方，做出要进攻的姿势威胁对方；而被威胁的对方，有的见势不妙突然逃跑，有的则表示妥协，如犬科动物躺在地上露出喉部以示服输，以俯首贴耳、夹尾、抬头、拱颈等姿势表示顺从和妥协；对于有稳定等级序位的狼和灵长类，只要高序位者朝低序位者走去，或用眼神及面部表情威吓，低序位者亦能显示服从姿态。

哺乳类的斗争行为，保证了种内成员在栖息地内的均匀分布，能促使哺乳动物共同合理、有效地利用食物，限制群内栖息地动物数量的增加，因此，这种行为在种群密度过高、食物短缺的情况下，有疏散同种个体和保证动物繁殖过程所必需的空间，又有防止疾病的传播和使强壮个体都能参加繁殖的作用。

用角尖指向对方的白唇鹿

对峙的羚羊

抹香鲸

黑长臂猿

利它行为 这一行为系指对行为者本身无直接利益（有间接利益），甚至要作出某种"牺牲"，而使群体或其它个体得利的一类行为。哺乳动物中具有这种行为的例子非常之多，如灵长类和食肉类的分享食物，狒狒和黑猩猩当其得到一块肉时，允许其它个体来分享；狼和犬常反吐或带回食物喂给非亲生幼仔和群内其它成员；环纹獴只要一发现长满甲虫的象粪堆就发出叽叽喳喳的叫声，召唤伙伴一块来吃；还有一种生活在荒漠地区的棕鬣狗，性情极凶暴，但对自己或同类的幼仔却柔情似水，为了保证幼仔的顺利成长，成年们不惜牺牲自己的一切为"子女"们建起迷宫般的公共洞穴，小鬣狗出生后便被安排在既安全又舒适的一间间洞穴内，雌鬣狗每夜要起来两次给幼仔喂奶、翻身、挪地方。约过两个半月后，小鬣狗们便由未曾生育过的年轻雌鬣狗以"妈妈"的身份照管、看护和无私地哺育，"妈妈"们每隔几天就给它们送来一份包括长颈鹿和非洲大羚羊肉在内的丰富食物，一遇险情马上带领它们钻进洞穴，"妈妈"们像对待自己幼仔一样无微不至地关心和照料它们。分享食物和生殖合作行为，在亲缘关系很密切的食肉目动物社群中得到了高度的发展。

另外，如动物的报警；海豚能把受伤的同类抬出海面呼吸；抹香鲸绕着受伤同类环游；象群企图扶起受伤的伙伴一块脱离危险等等，均属利它行为。这种行为不是动物的意识表现，而是对种族有益的本能行为。由于亲缘选择只对有效传递自身基因的个体有利，若有一基因正巧能使双亲表现出利它行为，可这行为对双亲不利，但它能使携带足够数量与自身相同基因的子代存活，最终这个利它基因在子代基因库中的频率就会增加，子代动物则将表现出越来越明显的利它行为。

通讯行为

哺乳动物与其它动物一样，虽然没有语言进行"交谈"，但是它们具有五花八门类似语言的联络方式。有的用声音传递信息，有的用色彩作自我介绍，还有的用气味说话，甚至有的用电场表达感情。特别是它们的化学通讯和回声定位通讯行为很独特，不但效率非凡，而且是人体机能所不及的。通讯行为在动物生命中十分重要，它控制着群体结构的形成、个体与群体之间的联系，即群体内的一系列行为，诸如防御、进攻、迁徙、繁殖、亲昵等全部生活过程。哺乳动物的通讯也是一种系统，即由通讯信号、发出信号者和接收信号者各要素所组成——具有通讯性能的网络。根据感受器官的类型，通常人为地将它区分为视觉通讯、听觉通讯、嗅觉通讯、接触通讯和回声定位通讯等。

视觉通讯行为 这种通讯是哺乳动物最常见的一种通讯行为。接收者通过视觉收到信号，立刻就知道发出信号者的动态，可谓"一目了然"。但这种通讯一般需借助于日光（可见光），所以广泛地发生在白天或晨昏活动的哺乳类中，如黑长臂猿、白眉长臂猿、白掌长臂猿、白颊长臂猿和犬类的面部表情变化、尾部的动作等，都能示出威吓、顺从、亲昵等信号。竖起尾巴，是优势地位的标志，在它们单独行走时

白掌长臂猿

白颊长臂猿

白眉长臂猿

雪兔（北极兔）

总是竖着尾巴，若有同类优势者走来，便马上放下尾巴，特别是猕猴类这种行为极其明显；长颈鹿奔跑时，用尾巴向后面的伙伴发信号；尾竖起，表示有险情，半竖起示警戒，下垂则表示平安；鼬和叉角羚类则以竖起颈部的毛或多毛的尾，形成明显的斑块，表示警告、恐吓或愤怒；马鹿、梅花鹿、黑麂、雪兔和东半球的许多种羚羊，在其臀部或尾部有本种所持有的白色或黑色斑。当它们受惊逃跑时，有的竖起臀部的毛，有的翘起尾，使臀斑更加明显；猫的弓背是一种威吓信号；狗以摇头摆尾和嗅闻表示亲近和欢迎，而翘起尾巴表示"威风"，垂下尾巴则表示"害怕"等等。例子甚多，不胜枚举。

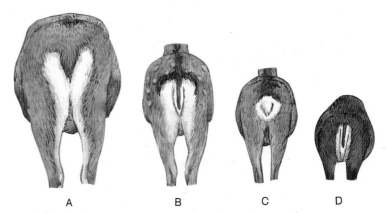
鹿科动物的臀斑　A. 马鹿；B. 梅花鹿；C. 狗；D. 黑鹿

103

听觉通讯行为 也称声音通讯行为,是动物的又一种普通的通讯方式,但是它与视觉通讯不同,可越过一定的障碍物进行联系,所以它对生活在深山、密林和营穴居的哺乳类有极重要的意义,中国有句古话"虎啸猿鸣",正是动物听觉通讯的鲜明写照。如灵猫类,雌性在育幼期用低沉的"gu—gu—"声,呼唤幼仔,豪猪遇敌时发出"pu—pu—"声吓唬对方;在灵长类中更为明显,如短尾猴、豚尾猴等。特别是有一种日本猴能发出 37 种有意义的声音,这重多的声音大致可分为 6 类,其中最重要的一类,则是在森林中成群活动时相互呼应的平静声,含有"ke—gi—"等 15 种声调;下位猴常用"k—k—"声防御优位猴的来临,优位猴又用"ka—ka—"声威吓、攻击下位猴;放哨的猴总是站在显露的地方,一旦发现敌情便发出"ku—ku—"或"wu—wu—"的警戒声等等。总而言之,在动物界、尤其是哺乳动物中,几乎均具有或多或少利用声音进行通讯联系的本领。

豚尾猴

嗅觉通讯行为 这种通讯行为(也称化学通讯行为)一般是由动物的嗅觉或味觉来传递信息的,它是近年来才蓬勃发展起来的,是极为活跃的新领域,其通讯过程,首先由动物自身的皮肤腺(包括皮脂腺、腹腺、肛腺、包皮腺等)向体外释放一些易挥发的气味物质,一般称它为发出信号部分;这种气味物质再以动物自身的尿、粪、唾液和皮肤表面等传导信号为介质携带于自然界;信号物质被动物的嗅觉感受后,产生特定的反应,即开始进行个体或群体通讯联系。人们将这一联系过程叫化学通讯,其中的信号物质叫外激素或信息素,所用通讯方式叫化学语言或气味语言。外激素在常温下是可挥发的物质,而且传播较远,在一定的距离内动物都可获得信息。这类通讯对某些哺乳动物来说,不但是传递信息的重要渠道,而且是唯一的方式。如狗,除看家外也常到邻近地方游玩,有时一次要走出数十里,它能顺利归来,就因它去时在路上多处用尿液中外激素作好了标记,回来时边嗅边走,按外激素信号指引的方向前进就没错。

归家的狗

嗅觉通讯功能繁多,见效亦快,如某些动物用外激素气味识别种、亚种和雌性、幼仔、巢域(领域)、报警信号、维护群体结构,判断雌性的发情与否等,起情报交流站的作用,真是一种奇异的通讯方式。

短 尾 猴

怀抱幼仔的白头叶猴

触觉通讯行为 顾名思义，这是一种通过接触而产生的通讯行为，包括触碰、拥挤、相互理毛等等。这类通讯行为对某些哺乳动物有局限性，主要在性行为和护仔行为方面表现突出。如猫科动物、犬科动物、食肉类、有蹄类等等对新生幼仔用舌一下一下地舔干全身的毛；灵长类能像人抱孩子似的把幼猴抱在怀里；还有的动物用鼻子对鼻子，或一方的鼻子被另一方用嘴柔和地咬住，嘴对嘴轻轻相咬；幼兽间的互"咬"、嬉戏；长颈鹿可用头顶在亲昵者的身上或摩擦；猩猩用臀部靠在友好个体身上以示亲热和爱抚等等，均属触觉通讯行为的范畴。由此，不难看出动物的鼻、唇、舌、颈、肢、臀、足和尾是这一通讯行为的支柱。

怀抱幼仔的金丝猴

红嘴袋鼠

倒挂的狐蝠

回声定位通讯行为 这一行为系指发出声波和感受从物体上返射回来的声波,从而获得信息,它具有回避物体和捕捉猎物的双重作用,在哺乳动物中一些有袋类,如红嘴袋鼠、袋熊、蝙蝠类、鳍脚类、食虫类和齿鲸类等,均能发出高于人耳能接收的 20 千赫以上的声波。人类的听觉限度一般多在 14 千赫/秒之下,当声音振荡频率低于 160—180 赫/秒或高于 20 千赫/秒时,就听不见了,表示人类能听到的声音范围很窄。然而许多哺乳动物则不然,如狗听得见频率可达 38 千赫/秒;鲸和海豚能听到的声音频率可达 100 千赫/秒等,但不论以什么标准来衡量,听觉冠军都当属蝙蝠,它能听到的声音频率可达 300 千赫/秒。蝙蝠是以昆虫为食的夜行动物,特殊的生活方式要求它们在漆黑的夜空有迅速探知目标和操纵自身的能力。因此,便发展起一套复杂回声定位导航系统。

蝙蝠常常倒挂在树枝上或屋檐下,为了取食昆虫在不停地向四周转动嘴巴和鼻子,每秒钟向空中发出 10—20 个信号。每一个信号大约包括 50 个声波振荡,开始时的振频为 90 千赫/秒,最后则为 45 千赫/秒,而且在同一个信号里,不断出现两种完全相同的频率。一旦发现猎物,它们便把脉冲频率调整到 200 赫/秒,而把每次脉冲时间减少到 0.001 赫/秒。如果猎物正朝它飞来,回声声波就会变得越来越短。正在飞行的猎物对反射波产生一种压力,飞行的速度越快,压力越大,回声声波的频率就越高。如果猎物是背离它们向远方飞行的,回声声波就会越来越长。猎物的飞行速度越快,蝙蝠耳内感受到的声音则越低。

正在飞翔的蝙蝠动作十分敏捷,能在几分之一秒内突然改变原来的飞行方向,急速追歼猎物,可在半秒钟内连续捕到两只昆虫。其超声探测系统不仅能判断目标的位置、形状、大小,还能区分其属性,因为蝙蝠的回声探测器非常灵敏,能把体积相同的天鹅绒、砂纸和胶合板区别开来,并具有特别强的抗干扰能力。成百上千只蝙蝠共栖一穴,同时发出震耳欲聋的超声波,千音万响使人晕头转向,它们之间却互不干扰,各行其事。小小的蝙蝠可在比自己发声大 2000 多倍噪声环境中,检测出从蚊虫身上返射回来的信号。蝙蝠可利用音响"语言"区分攻击、还击、彼此消除成见后而和解、抗议及友情等,由此奠定了蝙蝠群的行为准则,使其超声探测明察秋毫。

夜间正在捕食的伏翼　　　袋　熊

海豚也是自然界回声定位本领的出类拔萃者；近年来科学研究又揭示出象可发出人类听不见的低频声音，也是象互相间"秘密交流"的语言。声音是由象额上一个能振颤的部位发出的，频率在 14—24 赫/秒之间，在人类可听范围之外。

总之，对于某一动物个体而言，它的通讯行为决不是单一的。如猫在与主人接触过程中，舐是触觉通讯行为，叫声是听觉通讯行为，而嗅闻无疑是嗅觉通讯行为。多种信号协调配合使得动物的通讯行为丰富多采。每一种通讯信号的产生，均可视为自然选择的结果，而每一种能存在下来的信号，又必须是对发出信号与接收信号者都有益的，它才能被自然所选择。如动物的排尿本来是一种生理现象，与通讯行为无关，但恰巧动物借排往体外的尿液携带外激素气味物质。这种物质可在常温下挥发，并能被其它个体嗅察后从中领悟到一些含意，诸如有一同种个体在这里，自己赶快逃走等，避免种内因为食物或空间而发生争执，对双方均有利，所以尿液就被自然选择。然而动物的行为学是一个新兴学科，动物的种内和种群之间的联系行为是极其复杂多样的，这方面尚有众多的奥秘等待人们去揭示。

中华白海豚

蓝鳁鲸

最大和最小的哺乳动物

众所周知，地球上最大的哺乳动物，是须鲸亚目鳁鲸科的蓝鳁鲸。它比中生代的恐龙大得多，其体长达35米，体重120—150吨，约等于25头大象。遍布于各种海洋，而以北太平洋较为常见。而世界上最小的哺乳动物则是一种小麝鼩，它属食虫目鼩鼱科，体长不超过5.0厘米，体重仅3—5克，吻尖长，且能伸缩，又名尖嘴鼠，分布于中国长江以北地区。

个头最高的哺乳动物

长颈鹿是现存陆生动物个头中的佼佼者，初生仔兽身高一般都在1.8米左右，成年者从脚跟到头

一种小麝鼩

顶高约6米，颈长约2米，体重达1.5吨，脑距心脏3米左右，心脏收缩时血压高达350毫米汞柱，因此，它也是哺乳类中血压最高的动物。

长颈鹿是非洲稀树草原的特产动物，中国人在远古时代就认识它，称其为"麒麟"。此名来源于索马里语，传说中它能脚踏风云，身披彩霞，日行万里不知疲倦。它的学名来自阿拉伯语，其意"速行者"。长颈鹿确实十分善跑，奔跑速度可达50公里/小时，而且快跑时的姿势与众不同，不是两前腿同时起落，两后腿一齐跃起再一齐落地，而是同一侧的前后腿一同起落，所以，跑起来晃晃悠悠，一歪一歪的，像钟表的摆，很有趣。

长颈鹿

鸭 嘴 兽

最原始的哺乳动物

鸭嘴兽是一种半水栖动物，因为嘴形似鸭嘴而得名。体被短而浓密褐色毛；成束的乳腺直接开口于腹部乳腺区，幼兽用能伸缩的舌头舔食乳区的乳汁，哺乳时母体仰卧，哺乳期约 5 个月；嘴宽扁，无肉质唇，角质鞘两侧有缺刻；尾扁阔；足有蹼具爪，前肢蹼特别发达，善于游泳和潜水；以软体动物为食；栖于河边，其洞 一端开于水中，另一端则开在岸上扩大成巢；水中交配，巢内产卵。它在学术上有重要意义，代表了从爬行动物到哺乳动物的过渡阶段，是最珍贵的"活化石"，又是世界驰名的珍稀动物。

满身是刺的哺乳动物

在哺乳动物家族中唯有针鼹、刺猬和豪猪身被刺毛。虽然它们的相对个头较小，体力较弱，行动比较迟缓，但都有形形色色的变身术。当它们遇到敌害逼近时，针鼹和刺猬立刻席地而躺，弯颈缩头，收肢屈脚，将身体蜷缩成一个全副武装的刺球，连凶猛的食肉兽见了也只好望肉兴叹，摇摇尾巴而去。与上述两者相比，豪猪却勇敢得多，当其遇到敌害时，便马上竖起全身的硬刺毛，并使刺与刺之间互相碰撞摩擦，发出阵阵"唰唰唰"的响声，嘴也同时不断地发出"噗噗噗"声，用以吓唬来犯者。如果对方不听"忠告"，继续攻击，豪猪则会毫不客气地突然转过身来，急速后退，迅猛冲过去，以刺御敌。

针鼹、刺猬和豪猪亦有明显的区别：从进化和分类上，针鼹属原兽亚纲，刺猬和豪猪属真兽亚纲。从外形上，针鼹刺间生有粗毛；腹部无刺仅有粗毛。刺猬身体的背部及两侧披满硬刺，体表呈浅棕色；豪猪是啮齿动物中体型较大者，身体背部密被棕色长棘刺，特别是靠臂部棘刺可长达 20 多厘米，平时棘刺贴在身上，遇敌害时根根竖起，但身体不能蜷缩成球。从行为上，针鼹有呈管状的长吻，鼻孔开在吻端，有能伸缩的长舌，唾液腺极其发达，用粘满唾液的长舌舔食食物，爪尖锐，有惊人的挖掘本领；刺猬夜行，有冬眠习性；豪猪虽然也是夜行，但体形比较肥大，最大者体长达 70 厘米以上。

针 鼹

眼睛闪闪发光的蜂猴

蜂猴属灵长目原猴亚目懒猴科蜂猴属，共有 9 个亚种，多分布于东南亚等热带地区。中国有分布在云南和广西的两种蜂猴，数量稀少，濒临绝灭，已被国家列为一级保护动物。该种猴主要栖息在热带和亚热带的密林中，体型小巧，生活在树上很少下地活动，白天蜷缩成团在树洞中睡觉，夜间出来觅食。它们生有一双大得出奇夜晚还可闪闪发光的大眼睛，远远望去就像缓缓爬行在树枝间毛茸茸发光的小球。性格孤僻、懒惰、喜欢清静独来独往，因动作迟缓故又名懒猴。从进化角度看，蜂猴是中国所产近 20 种灵长动物中最低等的一种，也是中国唯一的原猴类。

蜂 猴

刺 猬　　　　　　　　　　　　豪 猪

象 群

海 象 群

形形色色的哺乳动物群

　　牛科的一些羚羊，如鹅喉羚（也称长尾黄羊、羚羊）、高鼻羚（又称赛加羚）、黄羊（又称蒙古羚）；犬科的狼、豺（也称红狼、豺狗）；野牛、野驴、狮子等等哺乳动物均具有极强集群行为。分布在中国江苏的河麂（俗名牙獐），外形似鹿但比鹿小，夏秋季节单独活动，冬季营集群活动，一般小群 3—5 只，中群 100—200 只，大群 300 余只，但发情交配时每群只有 10—20 只。狮子是猫科动物中唯一过群居生活的种类，它们的群主要由 1 只或数只雄狮与一些雌狮组成。大型动物象也常过群居生活，一群少则几只多则几十只；海象也喜欢群居，常数十只或 100—200 只同栖在一起。总之哺乳动物中具有集群行为的种类甚多，可以说举不胜举。

金 丝 猴

滇金丝猴　　　　　黔金丝猴

松 鼠 猴

活泼可爱的猴群

　　据调查表明，分布在中国太行山地区的猕猴（又名恒河猴），共有 15 群 1000 余只，其中最大的猴群有 129 只，最小的仅有 20 只。一般的猴群多在 50—80 只之间。群中通常多以繁殖的青壮年猴占优势，约占全群数量的 60—70%，其次是将要繁殖的仔猴和幼猴，占 20—30%，最后是繁殖后的老年猴，仅占 10% 左右；分布在中国四川卧龙等地区的金丝猴、黔金丝猴和滇金丝猴，常年生活在 3000 米左右的高山密林中，过着典型的树栖生活，白天成群活动，最大的金丝猴群有 600 余只，一群中老、幼、雌、雄皆有，形成家族性的社群。金丝猴背部的灰棕色夹有金黄色柔软的毛，可长达 30 厘米，当它们迎风奔跑时长长的金色毛在飘拂，显得格外威风，甚为美丽。金丝猴是中国特产的珍稀动物，被国家列为一级保护动物，也是世界上最珍贵的猴类。它除供观赏外，还具有很高的经济价值。从最新资料得知，近日在中国安徽省的九华山发现了猴群。这群猴主要活动在海拔近千米高的九华山百岁宫北门一带的松林里，它们短尾巴，毛为褐色，一群多则近百只，少的也有 20 余只。每天主要在早晨 5—6 时左右开始出现，但每次出现似乎总有猴头"领队"，统一指挥它们的行动。据《九华山志》记载，此猴名叫短尾猴（又名青猴），为国家二类保护动物，也是较为珍贵的猴类。

麋鹿群

梅花鹿群

浩浩荡荡的鹿群

鹿类动物表现出极强的集群行为，比较典型的有：麋鹿（又名四不像）、白唇鹿、驯鹿和梅花鹿等等。分布在中国西北地区的白唇鹿，在甘孜州地区，50只以上的群体随时可见，最大群可达125只，跑起来浩荡壮观；梅花鹿群通常3—5只，多时可到20只，在春夏季节，群体主要由雌鹿和幼鹿组成，雄鹿则单独活动。但到了繁殖季节，群的组成有所变化，多由1只健壮的雄鹿和10多只雌鹿组成。

驯 鹿 群

白唇鹿群

117

昆　虫

　　昆虫在繁杂的动物界中，种类最多，数量最大，可称首屈一指。它是无脊椎动物，在动物界中属于最大的门类——节肢动物门，同时在这个门类中又是一个最大的纲——昆虫纲。

　　昆虫一般身体分头、胸、腹三大部分，在胸部生有 3 对足、2 对翅。

　　千万不要小看了这些小小的昆虫，我们人类在地球上开始生活至今也不过几百万年的历史（从旧石器考古学的资料来看，最早的人工制造的工具出现距今 200—250 万年前），可是昆虫早在约 4—3.5 亿年前就已在地球上出现了，比鸟类还早 1.5 亿年，真不愧是地球上的老住户了。

　　昆虫在世界上究竟有多少种呢？据科学家估计，世界动物约有 150 万种，而昆虫就占了约 100 万种。近期有的科学家通过进一步调查，认为世界上的昆虫种类远远超过这个数字，他们估计世界上的昆虫种类约为 1000—3000 万种，它在动物中，真可称得上是一个大家族了。

　　昆虫为什么能在地球上生存这么久远，又为什么有这么强大的生命力呢？它们长期繁衍生存下来的奥秘是什么？它们的身体和行为如何才能适应这地球上千变万化的环境呢？昆虫与我们人类的衣、食、住、行和健康究竟有着怎样的密切关系呢？……这要用很多篇幅才能说得比较清楚。由于字数限制，本书只能展示其中的一部分。

乌桕大蚕蛾

蜻　蜓

　　多足纲小动物与昆虫比
较：蜈蚣(右下)是多足纲小动
物,蝎子(左下)、蜘蛛(左上)是蛛
形纲小动物,蜻蜓、蝗虫是昆虫。

昆虫在地球上
长期生存的奥秘

什么样长相的动物是昆虫

昆虫在动物界中身体是比较小的一些种类,这些昆虫显著的特点是:身体明显地分为头、胸、腹3个部分;成虫期在前、中、后胸部生有3对分节的足,分别叫前足、中足和后足;在胸侧生有2对翅,生在中胸的叫前翅,生在后胸的叫后翅;头部生有1对须状触角;它的骨骼很奇怪,一般动物的骨骼都长在肉里面,而昆虫的骨骼却生长在肌肉外面,把身体包裹起来,好似护身的盔甲,我们把它叫外骨骼。

概括起来说:身体分为头、胸、腹;2对翅膀,3对足;头上1对触角须;骨骼包在肉外边。只要具备上述特征的小动物,我们就可以叫它昆虫。当然,上百万种昆虫,为了适应各自的生活环境,身体各部位的构造也发生了相应的变化。如有的昆虫只有1对翅,像双翅目的苍蝇、蚊子的后翅就退化为1对棍棒状的平衡棍了;与此相反,捻翅目昆虫的雄虫,前翅却变为棍棒状,后翅发达,而雌虫却无翅。还有的昆虫无翅,像营寄生生活的蚤目和虱目昆虫雌、雄均无翅。种种变化了的昆虫仍属昆虫。但在节肢动物门中,有些小动物表面看起来很像昆虫,可是与昆虫一比较,就很容易把它们区别开来。如在发育成熟阶段,凡多于6条腿或少于6条腿的小动物就不是昆虫了。多足的蜈蚣、蚰蜒、马陆属于多足纲;而8条腿的蝎子、蜘蛛属于蛛形纲。看,它们与具有昆虫特征的蜻蜓多么容易区分呀!

在150多万种各种各样的动物中,正确地认识区分它们,并且深入研究它们与人类的利害关系,进一步从科学研究和生产实践中控制有害动物,保护和利用有益动物,才能更好地为人类服务。这就需要我们根据动物多样性的特点,依据各种各样动物各自不同的形态构造和生理、行为等特点,由简单到复杂,由低级到高级生物进化规律,分门别类地划分各类等级,将相近或有许多共同点的划分成同类,这就意味着它们相互之间有一定的亲缘关系。

昆虫在动物界中,属于节肢动物门中的昆虫纲。纲以下的分类系统有目、科、属、种。昆虫纲下包括2个亚纲,34个目(亦有分为32或33个目)。目、科、属、种下还可分别分为亚科、亚属、亚种及型。

黑蚱蝉

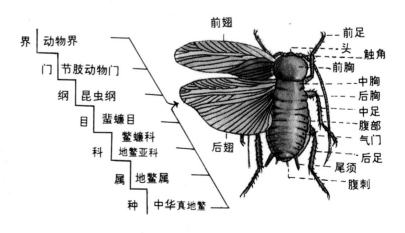

蜚蠊在动物界的地位

昆虫是个大家族

在世界 150 多万种动物中，昆虫竟占了 100 多万种，约占动物的 2/3。由此不难看出昆虫是个大家族。

昆虫在自然界中为什么会成为一个大家族呢？这与昆虫的五大特性有关。

体型小　在动物界中，恐怕昆虫是最小的，体长最大的也不过十几厘米，最小的还不到 1 毫米，必须用放大镜或借助显微镜才能看清它的模样。正因为它体型小，才便于隐蔽，免受天敌和外界的伤害。如在一片植物叶子上可隐藏成百上千的蚜虫、粉虱或介壳虫。在一块砖石下可容纳数万只蚂蚁。在一个树洞中可有数十种、上百只昆虫共生。同时由于体型小，当昆虫密度过大，食料不足或遇到不良条件时，它还可展开翅膀迁飞，或借助气流、风力及人、畜活动和交通运输等活动迁移扩散到其它地方，从而扩大了生活范围，增加了选择生存环境的机会。

惊人的繁殖力　这更是其它动物难以比拟的。它不但能通过雌雄交配进行有性繁殖，而且有些种类还能不经交配也可产卵或直接产出小幼虫，进行孤雌生殖或卵胎生，甚至有的幼虫也能产生子代，进行幼体生殖。更奇妙的是有些种类的寄生蜂在寄主体内产 1 粒卵后，它可分化出许多小幼虫来，有的 1 粒卵可分化出 3000 多个个体，这种多胚生殖方法对昆虫繁衍后代极为有利。同时昆虫产卵量也是很大的。如 1 只玉米螟雌虫可产 1250 粒卵；1 只棉铃虫雌虫可产 2700 粒卵；1 只介壳虫雌虫可产 4500 粒卵；1 只蜜蜂的蜂王一天能产 2000－3000 粒卵；1 只白蚁蚁后一生能产 5 亿粒卵……从昆虫的繁殖方法和极大的产卵量，可以看出昆虫繁殖力是惊人的，真可谓以量取胜。这恐怕也是昆虫在地球上长存不衰的奥秘吧。

食物来源广　这为昆虫的生长发育和繁殖提供了充足的营养。昆虫的食物可以说到处都是，从室内到室外，从禽舍到畜棚，从农田到果园，从森林到草原，从平原到山川、从植物的根、茎、叶到花、果，从活物到死尸以及各种腐殖质，甚至人畜的体内外及其粪便，都可成为不同种类昆虫的食物。如

一种舞毒蛾的幼虫就能吃 458 种植物的叶子；日本金龟子能吃 250 种植物。它们虽然给人类带来极大危害，但对昆虫自身在地球上的生存和大量繁殖后代却十分有利。

对环境的变化有很强的适应性　这是昆虫能在千变万化的环境中生存的又一本领。昆虫生长发育和繁殖除需要充足的食物营养外，还需要适宜的温度、湿度条件。昆虫热能的来源主要靠太阳的辐射，所以它无固定的体温，属变温动物。就是说它的体温可随环境气温的变化而变化，以适应变化了的环境，如蝗虫在荫蔽处体温为 28℃，但在日光下照射 10 分钟后，它的体温可升高到 47℃；又如玉米螟可忍受－80℃的低温而不被冻死，这就说明昆虫对温度的适应性是很强的。昆虫一般在 5—15℃的温度就开始活动，25—35℃最适合它的生长发育。如遇炎热的夏季或寒冷的冬季，昆虫还可以采取不食不动，转移到隐蔽场所，采取延缓生长发育的休眠或滞育方法越夏或越冬，以躲过不利的外界环境，保护自身的生存。

同样，水分也是昆虫生长发育所必需的，除主要从食物中获得外，它与周围生活的环境湿度关系也很密切。昆虫在适宜的温、湿度条件下，生长发育快，繁殖量大。反之，如果温湿度过高或过低都对其不利。同时昆虫因种类不同所需要的湿度也不一样。如最适宜稻纵卷叶螟、棉红铃虫交配产卵的相对湿度是 95%—100%；而苜蓿蚜则为 60%—70%（若超过 80% 就会受到抑制）。如粘虫在 25℃条件下，相对湿度在 90% 时比低于此条件时的产卵量可增加 1 倍。土壤的温湿度、酸碱度及土质等也与土栖昆虫的生长发育和繁殖有着密切关系。

除此之外，风、雨和人为的活动，如作物的更换、耕作制度的改变和水、肥等，以及天敌种类和数量的多少都与昆虫的生长发育和繁殖有着密切关系。因此，昆虫对其生活环境具有的广泛适应性，为昆虫在地球上能成为大家族创造了有利条件。

多变的自卫本能　这种特性更为昆虫在自然界中免受敌害、确保自身安全增添了"魔法"。由于昆

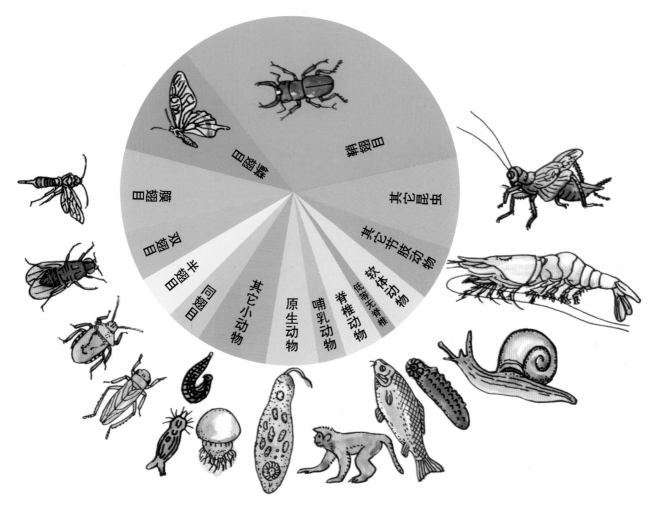

昆虫的数量与其它动物比较示意图

虫生活在各种不同的环境，许多昆虫为了免受天敌侵害，它便施出第一种"魔法"，就是保护色和拟态。使自己身体的颜色、斑纹和体态尽力与生活环境或寄主的颜色、斑纹和体态相似，使虫、物浑为一体，从而使天敌难以发现，达到不受侵害的目的。如土蝗经常栖息在与自身颜色极相近的土地上；许多绿色植物上的昆虫体色多为绿色。又如枯叶蛱蝶停息时极像一片枯叶；竹节虫停息竹子上极像一根竹枝。昆虫施展的第二种"魔法"恰恰与它的保护色和拟态相反，而是用警戒色的方法吓跑天敌。如：有些叶甲、瓢虫全身和翅膀生着许多奇特异样的斑纹和鲜亮的颜色，有的还闪着刺眼的光泽；又如刺蛾幼虫的肥壮身躯，长着许多突刺和五颜六色的毛丛以及毒腺。这些昆虫虽很容易被发现，但却会使你望而生畏，不敢接近它们。昆虫施展的第三种"魔法"是以施放毒气或毒液攻击侵犯者。如一种叫放

屁虫的步甲，当它遇到侵害时，会从肛门中排出一种很难闻的硫磺味的气体，以击退敌人，借机逃掉。还有一种蝽象受到攻击时，可从胸部腹面两侧射出发臭的挥发性液体，借以吓敌自卫。昆虫施展的第四种"魔法"就是在受侵犯或惊扰时，采取6条腿和身体紧缩不动，如死的一般，待环境平静无干扰时，又恢复活动或突然展翅飞逃。如瓢虫、叶甲、象甲就会施此"魔法"。还有的昆虫会施展断腿自救的"魔法"。如大蚊生有6条长而纤细的腿，飞起来并不灵活，一旦被天敌咬住腿，为了保住性命它就会在这千钧一发之际，不惜拉断自己的腿，逃之夭夭。

　　以上昆虫所具有的体型小，惊人的繁殖力，食源广，广泛的适应性和多变的自卫本能等特征，有利于昆虫生存并大量繁衍后代。通过几亿年的生息发展，它在地球上已成为动物界中的大家族。

昆　虫

昆虫是地球上的老住户

人类在地球上生活的历史约有几百万年，但昆虫却早在 3.5 亿年前就已出现在地球上，它比鸟类的出现还要早 1.5 亿年，可见昆虫在地球上出现的历史是多么久远。

考古学家在苏格兰地层的考证中发现，早在 3.5 亿年前古生代泥盆纪岩石中就有无翅亚纲弹尾目的昆虫化石；在 3.2 亿年前古生代石炭纪又发现有翅亚纲古网翅目昆虫的化石。其后在各种不同地层的地质年代陆续发现了不同目的昆虫化石，迄今在世界各地已发现不同目的昆虫化石 13000 多种。从这些昆虫化石来看，发现的各目昆虫虽不十分齐全，但可以初步看出昆虫在地球上出现的时间是多么久远，以及在不同世纪各目相互演变发展的历史。

昆虫学家根据昆虫翅的有无及其主要特征以及口器、附肢的构造和变态等特征，按照昆虫发展的历史，把昆虫纲一般分为两大类共 34 目。

无翅亚纲包括原尾目如原尾虫，弹尾目如跳虫，双尾目如双尾虫，缨尾目如衣鱼、石蛃。共 4 个目。其中双尾目有许多原始形态特征与多足纲结合亚纲有一定的亲缘关系，说明双尾目接近昆虫纲的祖先型。弹尾目和原尾目除具有类似双尾目的一些原始特征外，同时还有它们自身的特化构造，是从昆虫祖先型分化出来的一个侧枝。缨尾目与双尾目有较明显的亲缘关系，但又有些特化构造是和有翅亚纲昆虫共有的。因此，它与有翅亚纲昆虫关系密切。

有翅亚纲昆虫包括 30 个目，按变态方式可分为原变态、不完全变态和全变态 3 种类型。

原变态有蜉蝣目如蜉蝣。

不完全变态有蜻蜓目如蜻蜓。襀翅目如襀翅虫。纺足目如足丝蚁。蛩蠊目如蛩蠊。革翅目如蠼螋。重舌目如实鼠螋（此目在中国尚未发现）。缺翅目如缺翅虫。蜚蠊目如蜚蠊。螳螂目如螳螂。等翅目如白蚁。䗛目（竹节虫目）如竹节虫、叶䗛。直翅目如蝗虫、螽斯、蟋蟀、蝼蛄。蛩虫目如蛩虫。食毛目的鸡虱、虱目的虱。缨翅目如蓟马。半翅目如蝽。同翅目如蝉、木虱、粉虱、蚜虫、介壳虫。

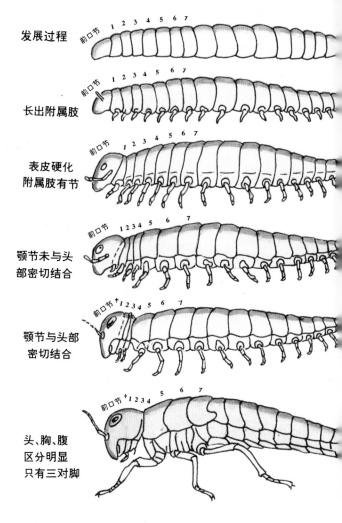

昆虫进化系列表

（图中标注，自上而下）
发展过程　前口节 1 2 3 4 5 6 7
长出附属肢　前口节 1 2 3 4 5 6 7
表皮硬化附属肢有节　前口节 1 2 3 4 5 6 7
颚节未与头部密切结合　前口节 1 2 3 4 5 6 7
颚节与头部密切结合　前口节+1 2 3 4 5 6 7
头、胸、腹区分明显只有三对脚　前口节+1 2 3 4 5 6 7

全变态有鞘翅目如甲虫。捻翅目如捻翅虫。广翅目如鱼蛉、泥蛉。蛇蛉目如蛇蛉。脉翅目如草蛉、蚁蛉。长翅目如蝎蛉。毛翅目如石蛾。鳞翅目如蝶、蛾。双翅目如蚊、蝇。蚤目如跳蚤。膜翅目如蚁、蜜蜂、胡蜂、寄生蜂。此目在昆虫纲中是一个较为独立的类群，在形态特征和生活习性上高度进化，是昆虫纲中较为进化的高等类群。

从各类昆虫在不同世纪的演化史和各目昆虫发展变化过程的亲疏关系来看，各目之间相互发展的关系，就好像一棵大树分出的许多枝叉，我们把它叫昆虫分类系统树。同时从昆虫古老的发展史也可清楚地看出昆虫是地球上的老住户了。

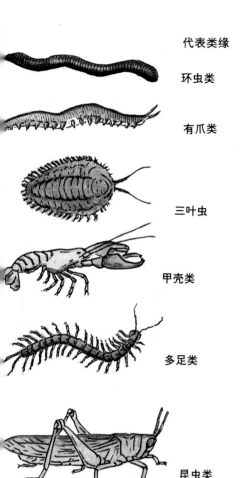

代表类缘

环虫类

有爪类

三叶虫

甲壳类

多足类

昆虫类

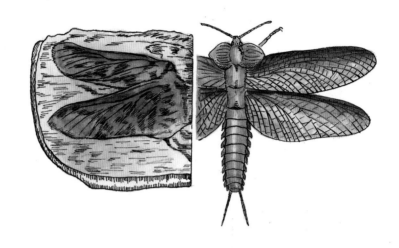

泥炭纪昆虫化石及复原示意图

昆虫的渊源

　　昆虫究竟是哪类动物进化的?它的祖先是谁?这一直是人们在科学研究中不断探索的奥秘。

　　人们为了追溯昆虫的起源,通过对昆虫胚胎学、解剖学和古生物学的研究,从多方面查找证据。但已知最早的昆虫化石是在苏格兰,距今约 3.5 亿年泥盆纪岩石中的弹尾目化石残片,但人们认为弹尾目是一个比较特化的演化分支,并不能说明昆虫的起源。同时在 3.2 亿年前的石炭纪又发现了有翅亚纲的古网翅目昆虫。由此可以肯定无翅亚纲的其它目昆虫肯定比这还要早得多,遗憾的是至今尚未找到这方面的昆虫化石。科学家发现昆虫纲的无翅亚纲双尾目昆虫与多足纲结合亚纲,在身体构造特征上有许多相似之处。如都有多节的触角;都没有复眼和单眼;口器都包含上颚、下颚和下唇;足都分 5 节,跗节都不分节而有成对的爪;腹部的大部分体节上都生有能活动的刺突和能翻缩的泡;都有 1 对尾须,它的末端有 1 对腺体开口;胚胎发育中都没有羊膜和浆膜。从比较解剖学的研究来看,虽然已揭示出上述 7 点共同特征,并认为昆虫是起源于多足纲的结合亚纲,但至今还未真正找出昆虫起源的更直接更确切的依据。因此,关于昆虫的起源和演化并不那么简单。昆虫通过亿万年漫长历史的演化至今,已有不少古代昆虫绝迹了;还有不少昆虫与古代昆虫相比较,已面目全非,完全变成了另一种模样;更有一些较原始的昆虫如蜻蜓、蜚蠊等却与古代的化石昆虫几乎一模一样,它的身体构造和体态基本上保留着原来的相貌。

　　这为我们进一步探索昆虫的起源和演化又蒙上了一层神秘的色彩。

花椒凤蝶的一生：
卵(右上)、幼虫(左上)、
蛹(左下)、成虫(右下)

昆虫的一生

　　昆虫度过一生的时间一般是不长的，很多昆虫由生到死只要一年就完成了一个世代，也有两年或几年完成一个世代的，个别种类的昆虫完成一个世代却要十几年之久。当然也有不少昆虫在一年内可以繁殖几代甚至数十代。

　　昆虫世代是指昆虫从产下的卵开始，经过发育，从卵壳中孵化出一只小幼虫，这只小幼虫四处寻找它喜欢吃的食物，从食物中取得营养后，身体逐渐长大，并通过不断脱去披在体表的旧衣——体表皮，换上新装，经过这样几次脱皮，直至最后一次脱皮就变成一个老熟的幼虫了，这时它很少吃东西和活动，便开始找一个舒适安全的寄主或其它地方过着宁静休闲的生活。有的昆虫如凤蝶的老熟幼虫还会吐丝把自己的尾部牢牢地粘结在树枝一端，然后再吐丝把自己胸部粘牢在

花椒凤蝶成虫

树枝另一端，使自己的身体斜捆缚在枝条上，老远看去，真好像是一个系着安全带的高空作业的工人呢！还有的如家蚕为了更安全更保险，干脆多花些时间，施展出巧夺天工的本领，吐丝编织成一个椭圆形的银白色的茧，这个老熟幼虫就在这能避风雨和敌害，里边软绵绵、暖融融的茧内安居。更有的如夜蛾虽不会吐丝，却能通过吐粘液把土湿润，做成一个椭圆形的土室，把自己的老熟幼虫的身体保护起来，就这样昆虫的老熟幼虫慢慢变化成不食不动的蛹。蛹经一段从表面看不见，内部器官发育却

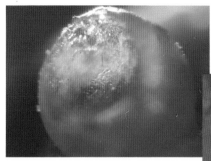

花椒凤蝶的卵

初出卵壳的小幼虫

花椒凤蝶的初龄幼虫

花椒凤蝶的蛹

花椒凤蝶在羽化

发生着剧烈变化的时期后，就会从蛹壳中羽化出一只成虫来。从卵－幼虫－蛹－成虫交配开始产卵。昆虫这一生的个体发育周期就叫昆虫的一个世代。

昆虫从成虫产下卵至卵孵化前所经历的时间叫卵期，从卵开始破壳孵化为第一龄幼虫至化蛹前脱最后一次皮的老熟的幼虫，所经历的时间是幼虫期；从老熟幼虫开始化蛹至成虫羽化前所经历的时间叫蛹期；从蛹开始羽化出成虫至成虫死亡所经历的时间叫成虫期或成虫寿命。那么昆虫世代所需时间的计算方法就是从产下卵开始至成虫死亡时所经历的时间。它与昆虫的年生活史不同，昆虫年生活史是指昆虫从越冬虫态开始活动起，在一年内的发生过程，包括各虫态的历期，各虫态在各季节的出没和种群数量的变化情况，越冬虫态和场所，发生世代及其发生时期等。

花椒凤蝶在羽化

红跳虫卵

初龄红跳虫

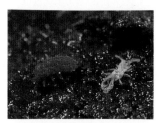

初脱皮后的红跳虫

中龄红跳虫

不同种类昆虫的一生变化

昆虫从卵开始逐渐变为成虫这一生中，每个时期各虫态的变化是很有趣的。如果把几种昆虫的各虫态摆在你面前，有时你很难辨认出某种成虫是由哪粒卵先变为幼虫，又变为蛹，最后它又是从哪只蛹羽化出来的。原因是许多昆虫各个虫态长的模样相差不大，一般不了解昆虫分类知识的人就很不容易区别了。

昆虫这种外部形态和内部器官发生的变化叫变态。

昆虫的变态大致可分四种类型。一是无变态类型：这类昆虫在一生各虫态变化中无蛹态的变化，所以从卵孵化的幼虫叫若虫，若虫与成虫外部形态长得基本一模一样，无变态，但性成熟后仍有脱皮现象。如无翅亚纲弹尾目跳虫。二是不完全变态类型：这类昆虫在一生各虫态变化中，虽也无蛹态的变化，但成虫除翅和性器官特征随着若虫生长发育逐步显现出来外，若虫其它的形态特征和生活习性等基本与成虫相同。如有翅亚纲的同翅目中的蝉。三是全变态类型：这类昆虫在一生中要经过卵、幼虫、蛹、成虫四个不同的发育阶段。幼虫和成虫在外部形态和生活习性上截然不同。如有翅亚纲的鳞翅目蝶类。四是复变态类型：这类昆虫在一生中虽也经过卵、幼虫、蛹和成虫四个不同的发育阶段，但它还多两个新花样，它在幼虫期的形态特征稍有变化，它从卵孵化出来为一龄幼虫时，腿长得很长，可帮助它寻找捕捉美味可口的昆虫卵吃，如蝗虫卵。当它找到丰富的食物后，长腿用处似乎不大了，便开始脱皮，并从此由二龄幼虫开始变成了很短的腿，似象甲幼虫的短腿，幼虫期吃害虫卵，对人类有益。天气寒冷时，为了防寒过冬，幼虫又变成有硬壳的假蛹，等来年春暖草绿时，才变成真蛹，然后再羽化为危害豆类作物的成虫，这时就成了害虫，如芫菁就属这类昆虫。这就是各类昆虫在一生中的不同变化。

红跳虫成虫

黑蚱蝉在柳枝鸣唱

黑蚱蝉在脱壳

若虫在土中为害植物根

老熟出土若虫

将脱壳的黑蚱蝉若虫

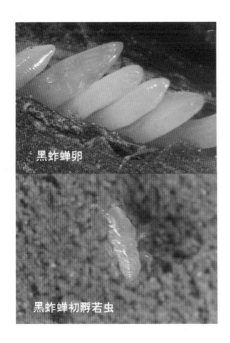

黑蚱蝉卵

黑蚱蝉初孵若虫

已脱壳的蚱蝉

芫菁成虫在交配

芫菁的一生

蛴螬形幼虫

象甲形幼虫

卵

过冬假蛹

初龄三爪仔虫

真　蛹

昆虫无处不生存

昆虫虽小，但你可别小瞧它！它的家族几乎遍及地球的每个角落，其它任何动物都是望尘莫及的。它分布面积之广，可说是独占鳌头。从地球赤道到两极，到处都可以找到它们的踪迹。可以说有人类生存的地方就有昆虫，就是没有人类生存，环境极为恶劣的地方很早也有昆虫家族在那里繁衍生息。真可谓昆虫无处不生存。

看，那只平展双翅在空中翱翔向前滑行的蜻蜓多么像一架飞机！在那万紫千红，争芳斗艳的百花丛中，一只斑斓闪光的美丽蝴蝶正在翩翩起舞，似乎要以会动的"花朵"同每一朵鲜花比美！又好似构成一幅"蝶恋花"的迷人画面。

看，那棵枝繁叶茂的大树上，有一只长着两个长长触角的天牛，正趴在上面大口大口地啃咬着枝干，恐怕用不了多久，那条枝干就会枯死了。

看，那个长有椭圆形且扁平光滑身体的龙虱，在湖水中游来游去，多么自由自在啊！还时常游到水面，将腹部末端露出，把空气藏在翅鞘下，带入水中供呼吸。它在水中捕食水生昆虫、甲壳类小动物和小鱼，但对养鱼业和秧苗有一些危害。龙虱成虫又是人们餐桌上的美味佳肴呢！

看，那只在地下钻来钻去的蝼蛄，梭形的身体，极短的触角，粗壮有齿的前足活动自如，很像两个开道的铲土机，非常适应在地下钻动，但它却啃食或毁坏了农作物和树苗的根部，造成缺苗断垄，危害十分严重。

除此之外，还有不少寄生或危害人、畜和各种动物体内外的蚊、蝇、跳蚤等昆虫，而且通过吸血等方式还能传染许多疾病，十分可恶！

杨二尾蕊舟蛾中龄幼虫

杨二尾蕊舟蛾的卵及初孵幼虫

昆虫一生中的多变行为

在自然界中，为了适应长期生活的环境，各种形形色色的昆虫无一例外地都是由雌虫产下繁殖后代的卵，或直接胎生出小幼虫。卵粒产出后表面虽然不能活动，但在自然界温湿度等条件的作用下，卵粒内部却发生着激烈而复杂的变化，通过胚胎发育后，弱小的幼虫就会从卵内破壳而出，这个从卵里孵出小幼虫的过程就叫孵化。

幼虫孵出后，就开始到处爬动，寻找自己爱吃的东西。有些种类的昆虫幼虫单个活动觅食，也有不少昆虫的幼虫是成群结队地觅食，往往把叶子吃得千疮百孔，给人类造成极大损失。幼虫通过几次脱皮，逐渐长大，食量也逐步增加，幼虫期正是昆虫大量摄取营养，满足它生长发育的重要阶段，待最后一次脱皮，就成为极少取食活动的老熟幼虫而化蛹。

蛹从表面看是处于静止阶段，实际上体内却发生着剧烈的生理变化，并孕育着成虫各器官的雏形，在一定温湿度等条件作用下，完成了蛹的生长发育，便从蛹中羽化出雌雄不同的成虫，成为具备昆虫一般特征的模样了。

成虫雌雄性成熟后，即进行交配并产卵，经过大量繁殖传宗接代。成虫期与幼虫期相比，对农作物等的危害一般是较轻的，甚至不造成危害。

因此，当我们对昆虫一生中行为活动的情况了解后，就可以抓住昆虫虫态中最薄弱的阶段，也就是相对处于静止、抵御外界环境能力较差的虫态，如在卵期、蛹期或初孵化幼虫比较集中且身体弱小又缺乏抵抗力时进行防治工作。做到省时、省力、省工，可防患于未然，减轻或消除害虫给人类造成的危害。

杨二尾蕊舟蛾成虫

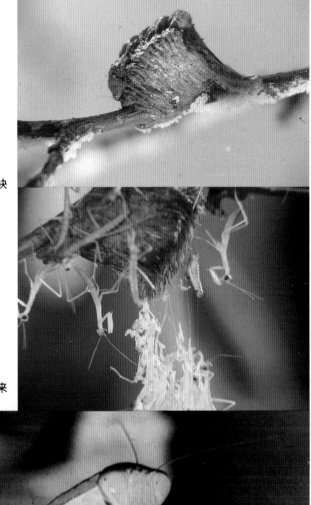

螳螂的卵块

小螳螂正在从卵中孵出来

巨蝼螳螂成虫

七星瓢虫的卵正在孵化

蝽敌蟥的卵及初孵若虫

天幕毛虫产在树枝上的卵

榆天蛾的卵

蝗虫的卵块

舞毒蛾产在树干上的卵块

夜蛾的卵　　　　杨叶甲的卵块　　　水生昆虫田鳖产在水草上的卵块

形形色色的昆虫卵

　　昆虫卵是昆虫一生中的起点，从外表看它是不会动的，在昆虫各虫态中，是一个比较静止的虫态。昆虫卵和我们常吃的鸡蛋一样，也是一个大型细胞，坚硬的壳包围着像蛋清一样的原生质和供胚胎发育的卵黄。在卵的前端有1个或多个小孔，叫卵孔或受精孔，它是卵受精时精液进入卵内的通道。卵中间有一个细胞核，又称卵核，受精后它就是将来发育成小幼虫胚胎的地方，当胚胎发育成小幼虫时，便破壳孵化出幼小的生命来。

　　昆虫由于种类不同，生活条件不同，取食活动方式也各不一样，为了适应各自的生活环境，它们雌虫的产卵方式、产卵场所和卵的形状花纹也各有特色。有的是单个一粒一粒地分散产卵；有的是把许多卵粒产在一起聚集成卵块状；有的把卵产在容易发现的暴露处；有的却产在难以找到的隐蔽处，还有的产在寄主组织内或地下、水中。昆虫由于身体体积小，产的卵一般也很小，如最小的蚜虫卵长只有0.02—0.03毫米，而较大的蝗虫卵长也只有6—7毫米。昆虫卵的形状有圆形、肾形、桶形、瓶形、纺锤形、球形、半球形、鸟卵形，以及带丝柄和多根细丝的等等，形状各异。由于昆虫卵较小，表面斑纹构造不易看清，用放大镜或在显微镜下观察，你就会清楚地看到不同种类的昆虫卵，表面的斑纹构造非常奇特。可以看到各种各样凹凸不平的花纹，有的纵向排列，有的是横向的，还有的纵横交错排列，更有的出现许多放射性花纹，这对加固卵粒，承受外界压力的作用很大。这种奇特的花纹与五颜六色和不同形状的卵相映在一起，真是美极了，真好似大自然雕琢的精美艺术品。

　　你看，那个草蛉产的卵就非常奇妙，它产卵时先分泌一点粘液，一头固定在叶片上，然后翘起腹部拉出一条细丝，把卵产在顶上，这样就可避开有互相残杀习性的儿女在出生后的争斗了，同时也有利于避开天敌的侵害，做母亲的也就放心了。看，它为儿女们想得多么周到呀！

铜绿丽金龟的卵

中华草蛉的卵

家蚕卵及初孵蚁蚕

半目大蚕蛾幼虫

榆黄足毒蛾幼虫

绿尾大蚕蛾幼虫

红腹灯蛾幼虫

红缘灯蛾幼虫

不光彩的"童年"

　　昆虫大多数的成虫长相都比较漂亮，它们的身体和翅膀五颜六色，还点缀着美丽的斑点花纹，闪闪发光，十分耀眼夺目。但你可曾想到：它们在幼虫期的"童年"长的是什么样子？都干些什么？童年时它们可不像成虫那样美丽可爱，而且还危害庄稼和林木。许多幼虫全身是长满毛和刺的，并且还镶嵌着恐怖可怕的斑纹，使人望而生畏。

　　它们的样子不仅使人讨厌，更让人厌恶的是，它们还与人争食，而且吃起东西来非常凶猛可怕。如危害庄稼的粘虫幼虫，它们成群结队在田里吃庄稼的叶子和茎秆，有时成片的庄稼被毁掉，造成颗粒

天幕毛虫幼虫在啃食树叶

绿刺蛾幼虫

枯球螺纹蛾幼虫

无收。有的幼虫能钻进植物茎内蛀食茎秆，使养分不能输送到植株各部分，造成植株枯萎。危害果树的大蚕蛾幼虫吃起核桃叶时也是非常凶残的，严重时几乎把叶全吃光，严重影响光合作用，由于缺乏营养，影响核桃的结果率及果实不饱满。危害蔬菜的灯蛾幼虫在吃菜叶时也是很凶的，有时把菜叶吃的千疮百孔，尤其是它的粪便的污染，使菜叶腐烂发臭，使蔬菜无法收获。在室内或仓库还可以看到多种蛾类幼虫危害粮食的情景……使人们非常痛心！可以说它们是与人为敌的大害虫，这些昆虫的幼虫期是一个不光彩的"童年"。

梨斑蛾（星毛虫）幼虫

榆舟蛾幼虫

黄刺蛾幼虫　　　　　舞毒蛾幼虫

凤蝶的带蛹

粉蝶的蛹及初羽化的成虫

异色瓢虫在树叶上集体化蛹

形似塑像实虫蛹

在完全变态的昆虫中，蛹是又一个静止期。昆虫幼虫变成老熟幼虫后，便停止取食，同时将体内消化系统中的食物残渣排出体外，然后寻找遮风避雨、比较隐蔽安全的场所准备化蛹，这时期叫预蛹期，表面虽静止不动，但表皮下却发生着激烈的生理变化，当它把童年的旧装（表皮）脱去后，就会把恐怖凶恶的童体一下变成慈祥和善的各种各样泥菩萨样的蛹了。

昆虫蛹的外形虽像一尊尊菩萨，但仔细看，基本上和成虫近似，如已具备了成虫的足和翅等外部器官的模样。由于昆虫种类不同，它们蛹的模样也不同，大致可分为三类：一类是从外边可以看到足、翅等附肢，它们紧贴在体躯上不能活动，这叫被蛹，

如蝶、蛾类的蛹。如凤蝶的蛹，就是老熟幼虫先吐丝成垫，用尾足趾钩粘在上面，然后身体后仰头后弯，反复吐丝粘成粗丝，把中腰与寄主捆牢，而后化蛹，这是被蛹中的缢蛹（又叫带蛹或挂蛹）。还有一种蛱蝶老熟幼虫在吐丝做垫之后粘住枝条，而身体倒悬在寄主上，再化蛹，这是被蛹中的悬蛹（也叫垂蛹）。第二类是触角、足和翅等附肢不紧贴身体，能活动，同时腹节也略可活动，这类蛹叫离蛹（也叫裸蛹），如芫菁及瓢虫的蛹。第三类是由于幼虫最后脱下的皮包围在离蛹外边，形成圆筒形硬壳，这类蛹叫围蛹。如蝇类的蛹。也有一些昆虫的蛹是在自己老熟幼虫时吐丝做丝茧或做土室在其中化蛹的。

蛱蝶的垂蛹

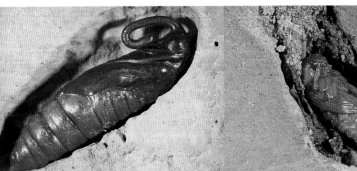

白薯天蛾的被蛹

豆芫菁的裸蛹

千奇百怪的虫茧

昆虫蛹既然是一个表面不活动的静止虫态，就缺少防御外界敌害的能力，为保护体内激烈的生理变化的顺利进行，老熟幼虫除寻找隐蔽安全的场所准备化蛹外，还有巧夺天工的自我保护本领。有不少昆虫的老熟幼虫身体能分泌粘液与泥土混合做成土茧（土室），在里面化蛹，如金龟子蛹的土茧，就好像是一个内壁光滑、外壳很坚硬的小泥屋。那个黄刺蛾的茧结在树枝上，茧壳十分坚硬，近似灰质，表面灰褐色，还镶嵌着深色的花纹，初一看，还以为是一个个小麻雀蛋挂在树枝上呢。那个椭圆形、银白色的茧是家蚕的茧，我们穿用的丝织品就是从这种茧抽出丝纺织而成的。据说它是由一根长1000—1500米的丝编织而成的，也就是说，经过沸水处理，我们可以从一个茧中抽出一根如此长的丝来。那个银杏大蚕蛾的茧，一团团、一层层套叠在一起，真像一个精巧别致的小纱灯笼。……各种奇形怪状的茧，都是用来保护蛹的安全，抵御外界不良环境和防止各种天敌侵害的有力装备。

寄生在蚜虫体内的蚜茧蜂，当卵在蚜虫体内孵化后，以蚜虫体内组织为食，蚜虫死后外表皮变硬，成为一层坚硬的外壳，被茧蜂利用成为保护体躯的茧。

黄刺蛾在枣枝上结的雀蛋形茧

被寄生的蚜虫体壁成为茧蜂的茧

大鳃金龟的鳃状触角

昆虫身体的构造与功能

触　角

　　昆虫头上长着的两根须，叫做触角。表面看来只是两根小须，但仔细观察，你就会发现触角构造并不那么简单。由于昆虫种类性别不同，它们触角的长短、粗细和形状各不相同。但不管它们的触角有多么奇特，都是生长在头部额区膜质的小坑——触角窝中。触角一般分为3大节，连接触角窝基部的一节较短较粗，用来支撑上面两节的活动，形状和作用像树叶的叶柄一样，叫柄节。连接它上面的第2节较细而短，叫梗节。第3节更细，可分为许多小短节，统称鞭节。

　　昆虫触角的种类大致可分为12种。刚毛状：很

短，基部两节较粗大，鞭纤细似鬃形，如蝉、飞虱和蜻蜓等的触角。丝状：除基部两节稍粗大外，鞭节由许多大小相似的小节相连成细丝状，如蝗虫和蟋蟀等的触角。念珠状：鞭节各小节近似圆珠形，大小相似，如串珠状，如白蚁。锯齿状：鞭节各小节近似三角形，向一侧成齿状突出，形如锯条，如锯天牛、叩头甲等的触角。栉齿状：鞭节各小节向一侧成细枝状突出，形似梳子，如绿豆象雄虫的触角。双栉齿状（羽状）：鞭节各小节向两侧作细枝状突出，形似鸟羽，如毒蛾、樟蚕蛾等的触角。膝状：柄节特长，梗节细小，鞭节各小节大小相似，并与柄节

成膝状曲折相接，如蜜蜂的触角。具芒状：很短，鞭节仅1节，但异常膨大，其上生有刚毛状触角芒。如蝇类的触角。环毛状：鞭节各小节都具一圈细毛，愈接近基部的毛愈长，如雄蚊的触角。棍棒状：基部各节细长如杆，端部数节逐渐膨大，整个形状似棍棒，如蝶类的触角。锤状：基部各节细长如杆，端部数节突然膨大似锤，如皮蠹的触角。鳃片状：端部数节扩展成片状，相叠在一起形似鱼鳃，如金龟甲的触角。

昆虫触角尽管种类各有不同，但都具寻找食物、选择寄主产卵和寻觅异性等活动的功能。昆虫总是在左右上下不停地摆动两根小须，好像两根天线或雷达时刻在接受电波和追踪目标。这是因为触角是昆虫的重要感觉器官，具有嗅觉和触觉功能。触角上生有无数的感觉器，并与感觉窝内的许多感觉神经末梢相连，它们又直接与中枢神经连网，当受到外界刺激后，中枢神经便可支配昆虫进行各种活动。如二化螟的触角，可凭借稻子的气味刺激寻找到它的食物水稻。菜粉蝶的触角可根据接受到的芥子油气味很快发现它的食物十字花科植物。有些姬蜂的触角可凭借害虫体上散发出的微弱红外线，准确无误地搜寻到躲在作物或树木茎杆中的寄主。以此不难看出，昆虫触角还能起着雷达的作用呢！

弄蝶成虫的棒状触角

天牛的锯齿状触角

绿尾大蚕蛾的羽毛状触角

141

红蜻成虫的复眼

形似万花筒的昆虫眼

　　昆虫一般有 1 对大的复眼和 1—3 个小的单眼。复眼长在头部两侧上方，有圆形、卵圆形或肾形，也有少数种类的每个复眼被分离成两部分。一些低等昆虫、穴居昆虫及寄生性昆虫复眼常退化或消失。

　　复眼是昆虫的主要视觉器官，昆虫通过视觉器官与外界环境取得联系，对它的取食、交配、避敌等行为活动起着十分重要的作用。复眼是由许多小眼组成的，每个小眼呈六角形，聚集在一起的复眼就好像一个大凸透镜。昆虫种类不同，小眼的数目也不同，如丽蝇的小眼有 4000 多个，蝶类小眼有 12000—17000 个，蜻蜓小眼有 28000 多个。一般小眼数目越多，它的视力越强。每个小眼都好像是一个小凸透镜，似聚光装置，在小眼表面有一个角膜镜，它的下面连接着圆椎形的晶体。角膜镜和晶体有透光和聚光的作用。晶体下连着具有感光作用的由视觉细胞围成的视觉柱，视觉细胞下边穿过底膜连接视觉神经，各小眼之间又有暗色色素细胞相隔。当视神经受集光器光点刺激时，便形成物体"点的影像"，许多"点的影像"互相结合便组成整个物体"镶嵌的影像"。昆虫复眼不但能分辨近处物体的影像，而且还更能分辨出运动的物体。同时对光的强度、波长和颜色等都有较强的分辨力，能看到人们不能看到的短光波，特别对 3300—4000 埃（Å）的紫外光

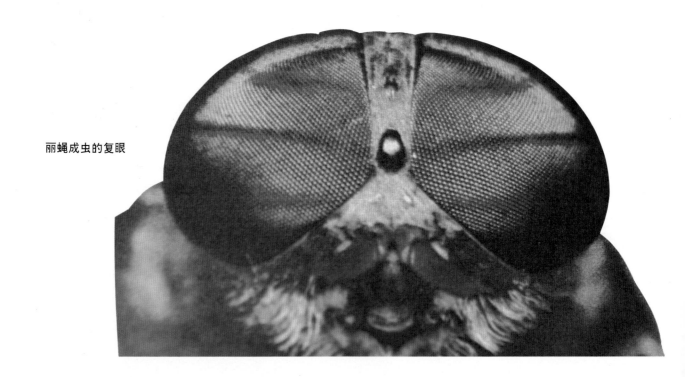
丽蝇成虫的复眼

反应强烈，我们可利用昆虫这一趋光性诱杀害虫。

单眼很小，常位于头部的背面或额区上方，称背单眼。也有位于头两侧的，叫侧单眼。单眼的功能与小眼相似。

如果把昆虫复眼切开，用放大镜观察，会看到许多带有棱角的小眼聚集在一起，真像一只奇妙的万花筒。

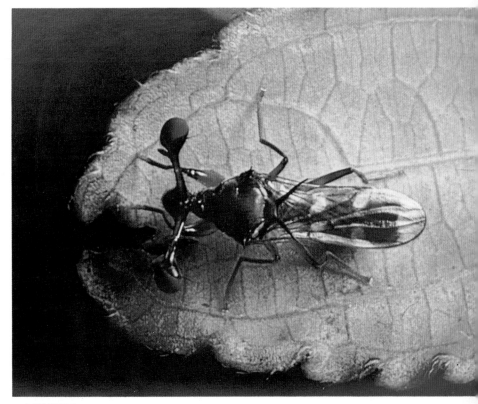

突眼蝇的复眼

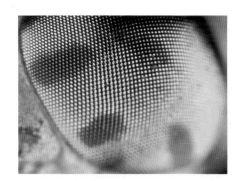

花虻成虫的复眼

蝴蝶的复眼

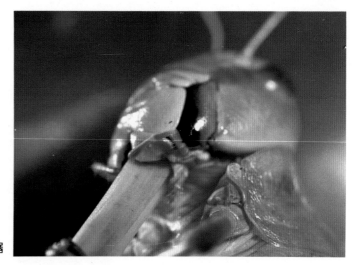

蝗虫的咀嚼式口器

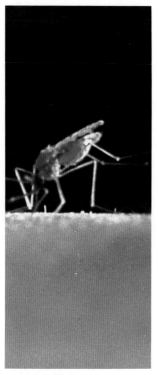

按蚊的刺吸式口器

变化多端的取食器官——口器

　　昆虫取食的器官叫口器，位于头部的下方和前端，一般由上唇、舌及头部的 3 对附肢组成。由于各类昆虫食性和取食方式不同，口器的外形和构造也发生不同的变化，形成不同的口器类型。

　　口器一般可分为两大类，一类是咀嚼式口器，一类是吸收式口器，而后者又可根据昆虫口器吸收方式不同还可分为刺吸式、虹吸式和锉吸式。此外还有嚼吸式、舐吸式和刮吸式。

　　咀嚼式口器是比较原始的类型，其它类型的口器都是由这种口器演化出来的。这类昆虫主要是吃固体的东西，如蝈蝈、蝗虫。它们由 1 对叫上颚的带齿而且坚硬能左右活动的大牙把食物切断，并由基部的槽磨碎。大牙后边还有 1 对下颚协助上颚取食，可握持、撕碎和推进食物。在上下颚前后是上唇和下唇，可关住、托持切碎的食物，并

蓟马的锉吸式口器

蝽的刺吸式口器

协助把它推向口内。下颚和下唇还分别有 1 对下颚须和下唇须，具有触觉、嗅觉和味觉的功能。在口器中央还有 1 个能帮助运送和吞咽食物，同时又能品尝食物是否鲜美可口的舌，它具有味觉的作用。

刺吸式口器的昆虫主要吸食植物汁液和动物的体液，如蚊虫、蝉、蝽象及蚜虫。它们的口器很像 1 根空心的注射针头，吃东西时，它们把这个像针头一样的口器刺入动植物表皮内就可吸食营养了。它们的口器进化得非常巧妙，下唇延长成管状分节的喙，背面中央有一凹陷的纵沟，坚硬的上颚和下颚都特化成两对口针被包藏在喙的纵沟内，下唇和舌以及下颚须和下唇须都已退化或消失了。

虹吸式口器的昆虫主要吸吮蜜露和汁液，这种口器是蝶、蛾类所特有。它们的嘴像是钟表的发条，可以伸缩，不吃东西时卷缩在头下，吃东西时就伸直到食物上，就如同人们用吸管吸吮汽水一样。

舔吸式口器的昆虫吃东西时又舔又吸，如蝇类。它的口器像个蘑菇头，大牙退化了，上下唇已演化成中间的空槽和后面的能挡住食物

蝈蝈的咀嚼式口器

不从空槽中流出来的挡板。

嚼吸式口器的昆虫既能嚼碎食物又能吸吮汁液，如蜜蜂。它的嘴不但能嚼碎花粉，而且也能吸吮花蜜，因此它的口器是由保留的 1 对大牙和由下唇演变成的 1 根带毛的长管组成的。

此外还有锉吸式口器的昆虫如蓟马及刮吸式口器的昆虫如虻类和一些吸血昆虫。

从以上变化多端的昆虫口器，可以看出这是昆虫长期取食并适应环境而演化出来的。通过了解昆虫口器类型的特点，为我们选用合适的农药、防治害虫提供了有力的依据。

红头蝇的舔吸式口器

蜜蜂的嚼吸式口器　　　　丽蝇的舔吸式口器

螳螂的捕捉足

中华大螳正在捕食

蝼蛄的挖掘足

蝼蛄正在用前足掘土

运动器官——足

　　昆虫的3对足主要用来行走，活动起来非常灵活。由于各种昆虫的生活环境和生活方式不同，它们足的形状和构造又发生了不少变化。

　　昆虫有3对胸足，1对长在前胸，1对长在中胸，1对长在后胸下边，分别叫前足、中足和后足。它们的足主要由5节组成，有能活动的关节和发达的肌肉相互连接。靠近胸部小窝的短粗的一节叫基节，支撑着整个足的活动。第2节叫转节，像一个转轴一样，能协调足的转动方向，最短小，形状为多角形。第3节叫腿节，长而粗壮，有发达的肌肉，承受足的重力。第4节叫胫节，长而细，上面常生有刺，很像是掘土机上的长臂，收缩自如，可支配足的活动。第5节叫跗节，通常有2—5个亚节，它的活动由胫节控制，跗节前端一般有2爪，爪之间有能分泌粘液的弹性爪垫，爪和爪垫便于扒附光滑的物体，爪垫上还有感觉器官，通过接触物体产生感觉，决定它如何活动。

　　昆虫足的类型大致分7种。步行足是最常见的，比较细长，各节无显著特化现象。如蚜虫、步甲的足。捕捉足的特点是基节特别长，腿节有两排刺，中间有沟，胫节有1排刺，它弯曲时镶在腿节沟内，适于捕捉小虫，如螳螂、猎蝽的前足。跳跃足的腿节特别发达，胫节细长，善于跳跃，如蝗虫、蟋蟀的后足。游泳

蝗虫的跳跃足

足的昆虫后足各节变得扁宽，胫节和跗节生有细长的缘毛，适合于水中生活。如龙虱、水龟虫的后足。开掘足的特点是粗壮短扁，胫节膨大宽扁，末端具齿，跗节像铲状，便于掘土。如蝼蛄的前足和一些金龟甲前足。携粉足的后足胫节端部宽扁，外侧平滑稍凹陷，边缘有长毛，好像携粉筐，第1跗节特别膨大并有毛，像花粉梳。如蜜蜂。抱握足的跗节特别膨大且有吸盘状的构造，在交配时抱握雌体，如龙虱雄虫的前足。

　　昆虫的足真是爬、跳、抱、捕、挖、携、游，样样都能做到，不愧是神通广大。

龙虱在捕食小蟹，其游泳足清晰可见。

意蜂的携粉足

大青叶蝉在产卵

大青叶蝉刺
入植物韧皮
部的产卵器

家蚕在产卵

传宗接代的繁殖器官

昆虫腹部一般为长筒形，由10—11节组成，能伸缩，腹内包藏着内脏器官和生殖器官，是昆虫新陈代谢和生殖中心。在腹部第8节和第9节上生着外生殖器，是交配产卵的器官，是昆虫养儿育女的器官。雄的叫交配（尾）器，雌的叫产卵器。

交配器构造因昆虫种类不同而有变化。一般雄虫主要包括由管状阳茎和辅助构造组成的阳具，它可将精子通过阳茎末端的射精孔送入雌虫体内，还有一个在交配时挟持雌体的抱握器。

产卵器的构造也因昆虫种类不同而有变化。一般在生殖孔周围着生3对产卵瓣，即由腹产卵瓣、内产卵瓣和背产卵瓣组成产卵器。

产卵器的构造、形状和功能常随着昆虫种类的不同而有所不同，它们的产卵方式和产卵场所也都不同。有的产卵器背产卵瓣宽而内凹，形成卵器鞘，内瓣与腹瓣相嵌接的产卵器就藏在卵鞘内，产卵时才脱出，并借产卵瓣的滑动逐次刺入植株或树木枝干的组织中产卵。如飞虱、叶蝉的产卵器。与此产

杨叶甲在产卵

卵器很近似的另一种产卵器变得短而宽,末端尖,侧面有尖突似锯齿,很像一把锯子。产卵时,用这把锯子把植株或树木枝干锯破,将卵产在里面。如树蜂、叶蜂的产卵器。还有的由短粗的背产卵瓣和腹产卵瓣组成锥状产卵器,内产卵瓣退化成小突起,产卵时,借助两对产卵瓣的张合活动钻出洞来,把坚硬短粗的锥状产卵器插入地下产卵。如蝗虫。蝈蝈的产卵器像把利剑,插入地下产卵。蟋蟀产卵器像一个长矛插入土中或植物组织中产卵。此外,还有不少昆虫如蜜蜂腹产卵瓣和内产卵瓣特化成毒刺(螫针),与毒腺相连,作为御敌工具而失去产卵能力。同时也有不少昆虫没有特化的产卵器,而是由腹部末端数节相互套叠能伸缩的伪产卵管把卵产在植物的缝隙、凹处或植物表面。如甲虫、蝶类、蛾类及蝇类等昆虫。当然也有少数种类如实蝇、寄生蝇能把卵产在不太坚硬的动植物组织中。从昆虫产卵器的多变和产卵花样繁多中,可看出它们传宗接代的顽强生存力。

螽斯的产卵器

棉蝗在产卵

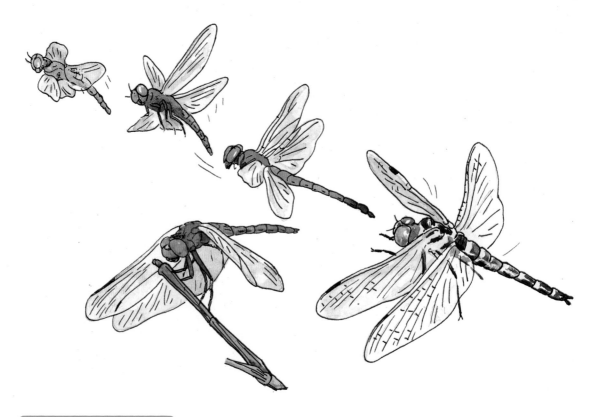

昆虫的迁移飞行

　　昆虫中除无翅亚纲和有翅亚纲的一些昆虫因长期适应生活环境，双翅已退化和消失外，一般都有两对翅膀，这在无脊椎动物中是唯一能飞翔的动物。这对昆虫广泛快速寻找食物，觅偶繁衍，躲避敌害，以及扩展传播都具有重大意义。

　　大家知道鸟类的双翅是由前肢演变发展的，而昆虫却不同，它的翅膀是由胸部背板两侧扩展演化而形成的，生长在中胸的1对叫前翅，生长在后胸的1对叫后翅。它的翅膜是由两层极薄的膜质表皮合并而成，同时在夹层中还布满许多气管，翅面在气管部分加厚就形成翅脉，对加固翅的强度有很大作用，很像是两层薄纸夹着支棍的风筝构造。昆虫翅一般呈三角形，翅脉有纵向脉和横向脉，纵横脉相交空间可形成翅室，为了便于鉴别昆虫种类，科学家还给翅的3个边缘、翅脉和翅室分别起了名字。

　　昆虫种类不同，它们翅的形态、发达程度、质地和表面的覆盖物等也不同。大致可分为8种类型：膜翅的翅膜质薄且透明，翅脉非常清楚。如蚜虫、蜂类的翅。鳞翅的翅膜质，翅面覆盖一层带不同颜色的各种鳞片。如蛾类和蝶类的翅。毛翅的翅膜质，翅面各部位生有疏密不同的许多细毛。如石蛾的翅。缨翅的翅膜质狭长，边缘着生很多细长的缨毛。如蓟

马的翅。覆翅的翅质加厚成革质，半透明，仍保留翅脉，不但能飞翔而且兼有保护作用。如蝗虫、蝼蛄、蟋蟀的前翅。鞘翅的翅角质坚硬，翅脉消失，仅有保护身体的作用。如金龟甲、叶甲、天牛等甲虫的前翅。半鞘翅的基半部革质，端半部膜质。如蝽象的前翅。平衡棍是由翅退化成很小的棍棒状，在飞翔时起平衡身体的作用。如蚊、蝇等的后翅。

　　各色各样的翅把昆虫装点得千姿百态，使大自

寄蝇在飞翔中寻找寄主

150

然更富有生气，更加迷人。如果问在大自然中你最喜爱哪种昆虫？不少人会异口同声地告诉你，他们最喜欢美丽的蝴蝶。人们为什么都喜欢它呢？原因是蝴蝶的翅膀五颜六色，闪闪发光，斑斓夺目。它能展现出如此美丽的画面的奥秘就是由于蝶类和蛾类翅面上覆盖着许多不同颜色的鳞片，并组成美丽的各式各样的斑点和花纹。这种由昆虫代谢作用产生的不同色素色化合物形成的各种颜色叫化学色。还有一种由于鳞片形状结构千变万化，光线从不同角度照射到鳞片上，产生反射、折射及干扰而形成的各种颜色，叫物理色。化学色与物理色混合相映，就编织出鳞翅目昆虫翅上那种少有的迷人光泽和色彩。

昆虫为了生存和繁衍后代，它的迁移飞行能力也是十分惊人的。如中国的粘虫能飞行1488公里；小地老虎能飞行1328—1818公里；稻纵卷叶螟能飞行700—1300公里；褐飞虱能飞行200—600公里；白背飞虱能飞行300多公里。蜜蜂每小时也能持续飞行10—20公里。昆虫的飞行速度也是相当可观的。如菜粉蝶每秒可飞行1.8—2.33米；家蝇每秒可飞行2米；蜻蜓每秒可飞行10—20米，它可大大超过人类世界冠军的百米速度。

红蜻蜓振翅欲飞

蝈　蝈

蝗虫前足上的听器

黄胫小车蝗后足上的剖器

昆虫的本能与行为

行为可分为两种：先天行为（遗传）和后天行为（模仿）。遗传或先天行为常称为本能，后天（或者说模仿）学来的行为，是每个个体从经验中获得的，它由各类刺激作用的反应或连续反应组成并表现出来。

大自然的歌手

一年四季，尤其是夏秋两季，昆虫不分昼夜的鸣声此起彼伏，从不停止。在数以百万计的昆虫中，若想确定哪些能发声，哪些不能，乃是很困难的事情。但对昆虫鸣声具有记载的约有400种，对鸣声研究较细的仅限于直翅目和同翅目的种类，其中有许多大家十分熟悉的种类，比如蟋蟀、螽斯、蝗虫、蝉等。一些种类也十分受人宠爱。有人会问：是鸟（如百灵、云雀等）叫得好听还是昆虫叫得好听？回答这个问题是相当困难的。因为它们的叫声各有千秋。但有些事实是可以肯定的，昆虫生存的历史比鸟要早1.5亿多万年，其种类之多占动物总数的3/4。所以说：昆虫是名符其实的大自然的歌手。

昆虫的种类不同，发音也各不相同；即使同一种类发音方法也各有特点。归结起来，昆虫的发音大致有以下几种。

从事一种活动时伴随发音　如蚊、蝇，它们没有专门的发音器官，但飞翔时会发出嗡嗡声，一群小蝇子靠此声音会把附近的个体吸引过来。埃及伊蚊雄虫可凭雌虫的飞行声找到伴侣。

用身体的一部分敲打物体的表面而发声　最突出的例子算是蝗虫了，有些个体用后腿敲击地面，许多雌雄成虫就是靠用此方法产生的声音而聚拢在一起的。

摩擦发声　直翅目的蟋蟀、螽

蟋蟀足上的听器

蟋蟀（斗蟋）

寒蝉

斯和部分种类的蝗虫等都是用摩擦发音的。这类昆虫的前翅较厚成为覆翅，左右覆翅均特化为发音器官音锉和刮器。音锉是类似梳子状的音齿，刮器则是覆翅边缘增厚、硬化部分。当覆翅相合时，音锉和刮器就会摩擦，造成覆翅的振动而发声。种类不同，其音齿的长短、粗细、疏密也不一样，因此发出的声音也就有别了。

蟋蟀鸣叫时会发出银铃般的声音，清脆悦耳。尤其在宁静的夜晚，串串的铃声连成一片，高低起伏，远近呼应，宛如大地的弹拨乐，近代一些电话铃声就是模仿蟋蟀的叫声而制成的。蟋蟀的鸣叫往往有3种声调：（1）常鸣声，具有招呼远方异性的作用；（2）厮斗声，蟋蟀善鸣好斗，自唐宋以来民间就有饲养和斗蟋蟀的历史。胜者叫声宏亮如唱凯歌，败者无音逃逸；（3）调情声，当雌雄虫靠近时，雄虫的鸣声变得柔和动听，以便激起雌虫的婚配欲望。

螽斯的种类很多，中国有100余种，其中以蝈蝈的叫声最美，7—8月份如漫步田野到处可听到"括括括括"的鸣声。它除了鸣声动听外，身体翠绿，头上长有2条长长的须子很逗人喜爱，故常被家庭饲养在小笼里，成为孩子们的宠物。

蝗虫的鸣叫能力不如蟋蟀和螽斯，叫声也不好听。它们的发声器官所在的位置却比较复杂。如，有

的种类音锉和刮器着生在覆翅上，多数种类是音锉和刮器分别着生在覆翅和后腿内侧，也有的种类音锉着生在后腿上，而刮器却着生在覆翅上。蝗虫常在高温或求偶时鸣叫，有些种类飞行时亦可发声。

膜振动发声 蝉的发音别具一格，与上述种类完全不同，而是靠膜振动发音。蝉的叫声宏亮，往往群蝉齐鸣，远隔百米之外就能听到它们的喧叫声。

雄蝉在身体腹面的胸、腹节间，左右两侧各有1个发音器，分大小两室。大室在腹面称为腹室，外有骨化腹瓣遮盖，内有镜膜等具有听觉作用；小室称作鼓室，位于体侧，外面盖有鼓室盖，内有鼓膜可以振动发声。蝉的鸣叫多变化。如蚱蝉的鸣声较单调，只发"喳"的长声，在6至9月间无休止鸣叫。寒蝉的出现在秋天，其声音为"伏了，伏了"的重复，意思好像说："伏天过了，天要冷了。"鸣蝉的叫声则是"威，威"的重复，声音多起伏，亦有较长的拖音。

通过上面的叙述不难看出，昆虫的鸣叫不是盲目的行为，而是亿万年进化的结果。它类似人类的语言，是同类间彼此联络的信号。它具有召唤、求爱、交配、攻击和报警的作用。可见昆虫的鸣声对于它们种族的发展及繁衍至关重要；对生物学家来说，鸣声对种类鉴别也具有重大的科学价值。

蝈蝈的发音器

金钟儿正在用发音器官奏"乐"

艳蛉在交配

婚　配

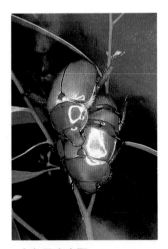

金龟子在交配

昆虫进入成虫期，主要的任务就是择偶交配，产卵繁衍后代。有些昆虫到达成虫期取食器官已经退化，不再取食。雌、雄虫的生殖功能完全成熟，交配产卵后便随之死去。也有些昆虫，成虫羽化后还要大量取食才能完成繁殖后代的任务。这些种类往往寿命较长，对作物损害大。昆虫的种类不同完成婚配的方式也不相同，通常有以下几种：（1）雄虫成群地飞舞吸引雌虫前来交配，蚊虫便属此类；（2）雄虫的鸣声吸引雌虫，像蝉、螽斯、蝗虫；（3）雌虫的发光器吸引雄虫，像大家熟悉的萤火虫；（4）雌虫能放出性外激素，以气味来吸引雄虫，如家蚕蛾。通过下面几个例子，可以简要了解昆虫是如何婚配的。

稻弄蝶在交配

家蚕是大家十分熟悉的鳞翅目昆虫，有时孩子们养上几条看其吐丝作茧。家蚕幼虫十分能吃，但成虫从丝茧里羽化出来再不吃东西。此时的成虫精子和卵子完全成熟。雌蛾的腹部末端能放出性外激素，雄

螂在交配（中华大螳）　　　　赖蝗在交配　　　　　　杨叶甲在交配

虫凭着气味"红娘"便能找到伴侣婚配。蚕蛾的交配成一字型，两蛾腹末相接，头向各异。随着交配与产卵的完成而相继死去。

直翅目的蝗虫与家蚕就不同了，蝗虫经最后一次蜕皮便羽化为成虫，此时的成虫生殖功能尚未成熟，还要靠大量取食进一步发育。成虫性成熟后，活动力增强，常飞集一处寻找伴侣，故此时往往会发生成虫点片集中的现象，有时还会形成大群体迁飞，在防治工作中应十分注意。雄虫的性成熟通常比雌虫早几天，身体较小但活动力很强。雄虫靠摩擦发声招来雌虫，然后爬到雌虫背上进行交配，雌虫一生可进行多次婚配。

蜻蜓的婚配最有特色，它们成双成对在飞行中进行。雄虫的交配器官不在腹部末端而在第二腹节的腹面。于是蜻蜓婚配时，雄虫用抱握器挟住雌虫的胸部，雌虫则将腹部向前弯曲使生殖孔与雄虫第二腹节的生殖器接合。

螳螂的婚配往往带有"悲剧"的色彩。它们属于肉食性昆虫，在交配中常有特殊取食的行为。当婚配正酣时，雌虫常会突然将雄虫的头部咬食掉。这种"悲剧"的发生，其

实有利于雄虫增强性活力，以保证完成授精，繁殖后代。生物学家发现在一些昆虫中，割除雄虫的头部或脑会大大促进和提高交配的活力。实质是，去掉雄虫的头部，客观上解除了雄虫脑对交配中心的抑制作用，从而性活力增强。生物学家常用此方法获得新的杂种。

家蚕蛾在交配

棉蚜在交配

短额负蝗在交配

负子蝽雌性成虫正在雄虫背上产卵

母爱是人类对儿女的一种先天赋予的责任和美德。昆虫中也有不少种类有着世代遗传的育儿本能，但是母爱的表现形式要比高等动物更为多样而周到，其目的显而易见是为了本种群的兴旺不衰。

负子与育儿 耳夹子虫又叫蠼螋。它不但会抱卵，而且还会像慈母般地照料和喂养自己的幼儿。

蠼螋属革翅目，大蠼螋科，不完全变态类昆虫。交配后雌虫便用嘴和足在地下挖一个 8—10 厘米深的土洞作育儿室。用嘴把洞壁修理得整整齐齐，同时吐出些粘液，把洞壁刷得像涂上了一层粘合漆那样光滑。雌虫进入育儿室后，在洞内用泥土把洞口封得严严实实。稍作产前休息后，便产下一粒粒小卵粒来。产完卵不久，雌虫不吃也不喝，像母鸡孵小鸡一样卧伏在卵堆上，等待幼儿的诞生。经过 20 多天，一个个洁白幼嫩、活泼可爱的幼儿，便冲破卵壳出世了。

幼小的耳夹子虫时而爬上母背，时而与兄弟姐妹追逐玩耍。3 天后，等到夜深人静时，雌虫便打开洞口，出外去为幼儿觅食了。离开家门时总感到有点不放心，还从外面把洞口堵好。

等幼儿长到二龄时，才在晚间打开洞口，让它们在洞口外锻炼一下谋生的本领。个别顽皮的幼儿离开洞口稍微远些，就会被雌虫用触角往回逐赶，不肯返回的幼儿还会被咬上一口。直等到幼儿快要长到三龄时，才准许它们出洞各自谋生。

耳夹子虫喜吃荤，不吃素食，经常在夜晚偷吃农家养的蚕宝宝，有时还闯进蜂箱，偷取幼蜂，成为养蚕和养蜂的一害。

负子蝽是一种生长在水中的昆虫。因它们的雄虫甘愿让雌虫把卵产在自己的背上，并负起抚育后代的责任，故得此美名。

负子蝽雄性虫背上的卵块

负子蝽属半翅目，负子蝽科，不完全变态类昆虫。身体扁而宽，头上有一对突起的大眼睛。前足粗大有力，后足又长又扁，便于在水中划游，追捕小生物为食。为什么雌虫要把卵产在雄虫背上呢？原来雌虫产卵后，已经"精疲力竭"了，再无力气抚育和保护卵子，不久便死去。因此，这护子育儿的任务只能由雄虫来承担了。

雌虫临产时，用前足紧抱雄虫的胸板，用后足蹬在雄虫腹部的翅上支撑起身体，腹部末端向下弯曲。产卵时先从雄虫的前胸背上开始，逐步向后。尾部左右摆动，产下的卵前后成行，左右成列，十分整齐。初产的卵为白色，表面有一层不溶于水的胶液，把卵牢固地粘在雄虫的翅膜上。一只雌虫可产卵 100 多粒，布满雄虫的整个体背。

刚生出的幼儿呈乳白色，身体扁平，贴伏在雄虫的背上，不久便各奔东西自谋生活去了。留在雄虫背上的空卵壳，过一段时间便脱落，雄虫的负子重任才算结束，到此时，它的寿命也将要告终了。

中华草蛉虫带有长柄的卵

隔离与隐蔽 昆虫为了生存，有各种各样的避敌和自卫的本能。但有些昆虫由于天生就吃荤，或在饥不择食的情况下，即使是兄弟姐妹，也毫不留情。这样，做母亲的为了种族的生存，便想方设法，使它们幼年时隔离开。

草蛉又称草青蛉。成虫青绿色，翅膜质透明。头上有一对金色的复眼。雌虫产卵在叶或枝上。一个卵一个卵地分开，而且每个小卵都有一条长柄附着在植物上，看上去十分有趣。草蛉的每个卵之所以都有较长的卵柄，目的是使它们隔离开，免使孵出的幼虫互相残杀。

蚁狮身体粗壮，灰黑色，头上长着一对钳形的大牙，用来挖坑和捕食蚂蚁。做捕食砂坑时，先要选择好一个安静、蚂蚁又经常活动的地方，再用尾部弯向下方，一伸一缩地向下拱，同时使身体倒退，当用砂粒把身体完全埋住时，便用头上那对像钳子似的大牙，将头前的砂粒弹起，使砂坑向四周扩散。蚁狮就这样不停地忙碌着，做成了一个漏斗形的陷阱。这时，它便埋伏在坑底，当蚂蚁爬到砂坑边缘的时候，就会随着砂粒向下滑，跌入陷阱中。蚁狮趁势用大牙夹住蚂蚁拖入砂中，并从大牙上的凹槽中，分泌出毒液注入蚂蚁体中，使其中毒麻痹，然后吸干它的体液，最后把它的尸体抛出坑外。

蚁狮长到成熟时，便在砂中结茧、化蛹，不久就变成另一副模样的成虫：蚁蛉。它属脉翅目，蚁蛉科，完全变态类昆虫。

在农田菜地里，有时会看见一种肥黑的甲虫，忙碌地推滚着一个圆球。球里装的是什么呢？原来是它们的卵子，小甲虫就是从里面出来的。但这只是这些甲虫的贮藏室而已。里面也没有什么好吃的东西，而是粪。这就是我们常听说的"屎壳郎推粪球"。

屎壳郎又叫蜣螂，属鞘翅目，金龟子总科，完全变态类昆虫。雌蜣螂做的粪球不是球形，而是加工成梨形，食料也较精细些。卵产在梨形食物团较狭的一端。做成梨形或球形后，还要把它运到合适的收埋地点。于是，蜣螂便开始了它的滚球旅行。

蜣螂在滚粪球

叶蟪（仿叶）

仿叶　枯叶蛱蝶是一种体长3厘米、展翅宽8厘米的花蝴蝶。身体褐灰色。翅的背面黑色，中间镶衬着褐红色和棕黄色的花斑。而翅的腹面枯黄色，有数条网络状的浅色脉纹。当它在阔叶树扁圆形的枯叶枝干上停息时，身体紧贴伏在枝条上，3对胸足并拢在身体的两侧，并紧抓住枝条，双翅合拢竖起，枯黄色的翅面极似叶脉的浅色脉纹，看上去与枯叶一模一样。

枯叶蛱蝶（仿叶）

枯叶蛱蝶（仿叶）

以假乱真，借助枯叶形状隐身的昆虫，并非只枯叶蛱蝶一种。枯叶蛾也很会模拟枯叶。它的体色枯黄，停息时的姿势也很巧妙。一对前翅像屋脊一样在背上隆起；边缘带齿的后翅自翅下方伸展出来，很像枯叶的边缘；又尖又长的一对颚须，并列在一起伸出头的前方，活像离开枝条的叶柄。有的枯叶蛾的翅面上，还有不同颜色的斑纹，很像枯叶上的点点病斑。

昆虫仿叶也不尽是仿枯叶，也有仿绿叶的种类。如叶蟪虫，俗名枯叶蝗，体扁，因它的生活环境和出生时间都是绿树成荫、青草如茵的季节，因此体色演化成嫩绿色，酷似树叶，六足形像残破的叶片。由于它们的体色、形状和栖息的环境极相近似，生物学上又称之为拟态。

仿蜂　蜂类一般都在腹部末端长有用来捕食和进行自卫的蜇针。许多种昆虫如食蚜蝇模仿蜂类的体色，特别是蜂类蜇人时的动作，以保护自己，可称做"狐假虎威"了吧。

枯叶蛱蝶（展翅）

透翅蛾（仿蜂）

互仿 人们常把鳞翅目昆虫统称为蛾子。即使是学过一些昆虫知识的人也常把蛾视为蝶，或蝶蛾不分，指蝶为蛾或相互混淆。蝶蛾中也确实有这种现象。如不仔细观察常把绿尾大蚕蛾误认为蝴蝶而难以分辨，蝶蛾互仿必有其奥妙之处。

仿真 有些昆虫利用体色或栖息的姿态来躲过天敌的侵害。但也有些昆虫身体结构很奇特，而且构造逼真，成为昆虫中的奇观。桑褐翅尺蛾幼虫就像寄主的叶片一样。柿星尺蛾幼虫的头抬起来很像蛇的样子。

蝎蛉目中的举尾虫，因为它的尾部有上举的习性，很像蝎子的尾巴，所以又称蝎蛉。举尾虫的足很长，有利爪、适于捕猎。雄虫腹部末端膨大，形成钳形的夹子，翘起弯曲在背上，模仿蝎子的样子，这种特殊的形态，也是为了保卫自己，驱散故害。

灰尺蛾幼虫（仿枯木）　　　杆蛸（仿竹）

雀纹天蛾幼虫（仿蛇）　　　木橑尺蠖幼虫（仿蛇）

食蚜蝇（仿蜂）

举尾虫（仿蝎）

猎蝽成虫

猎　　取

猎蝽　一些昆虫可以大量寄生于害虫体内或体外，而杀死害虫。这些昆虫我们称为寄生性天敌昆虫。如上面介绍过的赤眼蜂和绒茧蜂即是。还有一些昆虫可以大量捕食害虫，我们称它们为捕食性天敌昆虫。如瓢虫、蚂蚁及草蛉幼虫（蚜狮）即是。

这里看到的是另一种捕食性天敌昆虫——猎蝽。猎蝽是肉食性种类，能捕食昆虫及其他动物。它的口器就像一个空心的注射针头，当它寻找到猎物后，便伸出针状的口器迅速准确地插到猎物体内，刺吸其体液，直到吸干为止。这种口器的构造很巧妙，实际上是把原来的上下唇演变成一个中间空的圆筒，上颚和下颚合并在一起演变成一支中间空的吸针。平时吸针藏在圆筒里，使用时就伸出来。这种口器类似前面已讲过的蚜虫的口器——刺吸式口器。

盗虻　盗虻也是一类捕食性天敌昆虫。它们主要生活在开阔的森林地区。成虫能捕食鳞翅目、鞘翅目、直翅目、双翅目和膜翅目等目的昆虫。通常把它们作为益虫看待，但因它们也常捕食蜜蜂，扰乱蜂场，所以也算是养蜂业上的一害。

盗虻的捕食能力很强，它们能捕捉到比自己的身体长1倍、重量多2倍的负蝗，并能用足轻而易举地抓吊着，扬长而去。盗虻属双翅目，盗虻科，完全变态类昆虫。

自救　在大自然中经常可以看到一些种类的昆虫有自救的本能。

在我国槐树上可以看到许多绿色的长条肉虫，匍伏在枝条上。用木棍轻轻地敲打一下树干，就会看到它们往下掉，可是并不掉落地下，而是悬吊在空中，口中有条丝连着枝条。垂吊着的这些肉虫直

盗 虻

盗虻捕食交配

挺挺地一动不动，像一具具上吊的僵尸。如果你不去惊动它，数分钟后，它的身体下部便开始摆动，使身体上下成为不断变化的"S"形。随着身体的摆动，3对有爪的胸足，不停地盘绕垂吊着的银丝，又慢慢地把身体吊到树枝上去了。因为它受惊后，能够吐丝下垂，装死自卫，人们给它起了个风趣、形象的俗名——吊死鬼。

吊死鬼这一逃避天然敌害的自卫本能，不但可以用来躲过敌害的捕食，还可以借助风力，像荡秋千一样，迁移到附近的树上，暂时躲避。这种借垂丝转换植株也是它寻找充足鲜嫩食料的一种本领。

长脚蚊是蚊虫中的大型者，比一般蚊虫长八九倍。更为特殊的是它有3对比身体长2倍的分节的长脚，故名长脚蚊。长脚蚊虽然也是蚊虫，但不咬人吸血，对人无害。它的幼虫一般生活在潮湿的泥土中，以土壤中的腐殖质为食料，有时也危害植物的嫩根。羽化后的成虫多在池塘、河边的杂草或稻苗上栖息，正好成为蛙类的捕食对象。但成虫停息

时，总是用前、中足抓住枝叶，把后足伸开伸直，使整个身体垂吊着。当青蛙、跳蛛等动物看到它时，便猛然跳上去捕捉，但往往只抓住它的后足。由于它的后足极为纤细脆弱，所以容易脱落。长脚蚊受到惊动，当即振翅飞走。虽然丢失了一只脚，但保存了性命。人们称这种避敌方法为"断足自救"。

长 脚 蚊

御　敌

丽金龟

七星瓢虫

灰象甲

昆虫的御敌能力，可说是花样繁多，有的是依靠生活中的本能，有的是借助外界的自然条件或身体的特殊构造，但目的却是为保持本种的长盛不衰，有了各自的御敌能力，就能适应环境，取得生存的优势。

巧避敌害　昆虫有着多种自卫和御敌的本领。其中之一就是吐丝把植物的叶、枝等物连织成筒状的护囊，幼虫生活在里面，可有效地防御敌害。有这种本领的昆虫，陆地上有，水中也有。

鳞翅目昆虫蓑蛾是为害果、林、茶、花卉、药材的重大害虫，常见的种类有大蓑蛾、茶蓑蛾和白囊蓑蛾。严重时，它们可将全株叶片吃光，有些针叶树常因遭害致死。这些虫对人类可以说负债累累。为了避债，蓑蛾幼虫具有一种为自己制造护囊的特殊本领。因种类不同，所造的护囊形状和材料也不相同。如大蓑蛾的护囊呈纺锤形，外面附有大的叶片，有时还有零散的枝梗；白囊蓑蛾的护囊呈长圆锥状，质地紧密，外面无枝叶附着，全为丝质。幼虫生活在里面，既舒适又方便。无论走到哪里总是带着这件丝织的蓑衣，就是化蛹、越冬也在囊中。可见护囊实质上已成了蓑蛾的庇护场所，所以又称蓑蛾为避债蛾。

在水生昆虫中，毛翅目的幼虫算得上高明的建筑师了。它们可以利用叶片、小枝、小石子、沙粒等材料用丝缚成形状各异的巢筒。有的为浮巢，即一端固定，巢漂浮在水面上，幼虫靠巢筒保护，稍一受惊便缩进巢筒里。幼虫老熟后，便在里面化蛹，当羽化为成虫后才能钻出巢筒。由此可看出，无论是囊还是巢筒对幼虫的生命安全和发育来说，有着多么重大的作用啊！

身披盔甲避险　鞘翅目的昆虫，体壁极为坚硬，而且前翅加厚并骨化为坚硬的鞘翅，形如古代战士的盔甲保护着自己的身体，所以这类昆虫又称甲虫。

鞘翅的作用十分重大，它可以保护虫体免受不良气候的影响，避免虫体遭受机械的伤害防御敌人的袭击。有了盔甲的保护，这些甲虫如虎添翼，生活的天地变得十分辽阔。水中、陆地、空中、林木内、仓库中、高山、洞穴、沙漠、草原等都有它们的足迹。从吃的食物讲也极为复杂：包括有腐食性、粪食性、尸食性、植食性、捕食性和寄生性，致使这一目的昆虫十分发达兴旺，全世界现知有30余万种，居昆虫纲中第一大目。

有些甲虫鞘翅上常有刻点和不同颜色的色斑，色斑的数目及排列的方式常是鉴别种类的依据。如大家十分熟悉的七星瓢虫，身上有7个黑色圆斑，是捕食蚜虫的能手。在这些甲虫中，植食性的种类，如金针虫、蛴螬、天牛、稻铁甲、米象、玉米象、小蠹等是农林的大害虫。一些捕食性的昆虫种类，如有些瓢虫等则是人类的朋友。那些腐食和粪食性的种类，能清洁环境，当然也是人类的朋友。

花 金 龟

彩斑虎甲

蓑蛾末龄幼虫——预蛹

蛱蝶幼虫
假死形状

臭椿沟眶象成虫假死形状

末端呈白色外，全身的颜色与椿树皮非常近似，远处看很像鸟粪。由于它具有天然的保护色，在树干上很难被发现；即便发现，稍一惊动就会立刻装死从树干上直坠地面。该虫的假死性很强，可长达几小时。因此，在地面上与碎石、沙粒混在一起极难发现。

昆虫的假死性是它们御敌的本能行为的反映，是昆虫在亿万年以来抵抗敌害过程中形成的本能。这种本能再与昆虫的保护色及飞或逃的本领结合起来，实在是避敌的有效手段。

弹跳 像昆虫的假死一样，利用弹跳避敌是昆虫的又一种本领。昆虫的弹跳能力，无论是高度还是远度与它们自身相比，是所有猛禽、猛兽及人类都不能比拟的。区区小虫为何有如此高的弹跳能力？一类是它们具有发达的后腿，像直翅目的蝗虫、蟋蟀、蝈蝈等；另一类是足内具有类似弹簧一样能伸缩的弹性构造，从而大大增强了弹跳能力，如蚤目的跳蚤；还有一类昆虫不是用足跳而是具有专门的弹跳器，如弹尾目的跳虫和鞘翅目的叩甲。

蝗虫是大家非常熟悉的作物害虫，雄性个体小，雌虫个体大，农田、草地几乎都有它们的存在。蝗虫的后足十分强健，一次可跳出体长20倍远的距离，如果再配合双翅的飞行，避敌的能力相当高强。

假死 许多昆虫，当受到惊扰时会立刻把触角和足缩起，身体蜷曲或跌落在地上，一动不动像死去一样，这种特性叫假死性。如鞘翅目中几乎所有的成虫，鳞翅目中许多种类的幼虫都具有假死性。这种装死的本领实在是体小而柔弱的昆虫所具有的逃避敌害的一种特殊本领。

粘虫是鳞翅目、夜蛾科中为害小麦、水稻等五谷杂粮的大害虫。三龄前的幼虫受惊后会吐丝坠落而逃；三龄之后则具有了假死性。此时，如遇鸟等敌害时会立刻蜷曲身体装出死相从植株上掉落地面。这种举动会使觅食的鸟等突然失去了目标；另外老龄的粘虫幼虫呈黑褐色，与地皮的颜色十分近似，因此，也很难在高低不平的地面上找到它，从而脱离危险。

臭椿沟眶象是鞘翅目的一种甲虫，近年来对臭椿为害严重。成虫有黄豆粒大小，除虫体的前部及

叩头虫（叩甲）

164

跳虫属弹尾目,这类虫体很小,仅有1—3毫米,是比较原始的类群,没有翅膀,生活在地面或地下。它们没有善于跳跃的足,但在腹部的末端却有强力的弹器,可跳出40厘米远,故这一目昆虫的名称便由此得来。这种弹器平时由吸盘吸住,当弹跳时才放开。

蚤目的跳蚤是妇孺皆知的卫生害虫,米粒大小,专吸人和动物的血液,能传播鼠疫等重大疾病。跳蚤跳的高度可达20厘米,超过身体的100倍;跳远可达50厘米,超过身体的200倍,如此强的弹跳力是如何产生的呢?许多人恐怕也不了解。却原来在蚤体与足相连接的每个后侧脊的部位都有1个特殊构造的弹簧垫。当腿抬起时,弹簧垫受压缩,尤如弹簧被压缩一样,一旦弹簧打开,腿就增加了无穷的力量,故能产生如飞般的跳跃。由于蚤生活的地点和寄主的不同,跳跃的能力相差甚大。有些种类跳的能力很弱,还有些种类如生活地下鼹鼠及洞穴蝙蝠身上的蚤完全失去了跳的能力,只能爬行。

鞘翅目的一种甲虫叫叩甲,俗名叩头虫。幼虫生活在地下叫做金针虫,是为害根和地下茎的害虫。叩甲的弹跳方式非常特殊,不是用足而是用背,每

次可跳出33厘米,可达体长的30倍。叩甲从前胸到中胸有一根长刺,当背对地时靠肌肉的收缩可使身体拱起,并同时压缩弹簧垫,获得很大的能量,当刺伸直时便使背对地面产生了很大反弹力,从而使身体跃起。不难看出,这种背跃式的跳跃需要有强健的躯体,也只有甲虫凭借坚硬的盔甲的保护才能做到。

犬栉首蚤

斑衣腊蝉

蓝紫跳虫

黄蜻预飞

三十六计走为上 昆虫御敌的方法可算得上千变万化，除了利用各自的特殊本能外，大都采用一走了之的办法。俗话说："三十六计，走为上计。"这种策略对昆虫同样适用。不过走的办法各不相同，大都是有翅的飞，无翅的爬。

在昆虫世界中，除少数原始类群无翅外，绝大多数昆虫都具有双翅，这为它们开拓新的领域创造了得天独厚的条件。不过昆虫种类不同，飞行的速度差别很大。如蜻蜓的时速达36千米；一种天蛾竟可达54千米，已接近汽车的通常速度；粘虫蛾看来弱不经风但善飞，迁飞时速度每小时可达20—40千米，并

可持续飞行2—3天，实在令人惊讶！草蛉虽有长长的翅膀，但因身体较柔弱，速度较慢，每小时亦有2千米。因此，想要捉住能飞的昆虫，实在是不容易的。

有些昆虫，像步甲，又称步行虫，凭着名字就知道这类昆虫善步行。它属鞘翅目中的一类甲虫，有2万余种，广布于全世界，后翅基本上退化，但体健足捷。受惊后，立刻开动6足急走（速度每小时亦达4千米，已接近常人步行的速度），或钻入草篷，或隐身于土块、瓦砾之下。

昆虫有6只足，步行时这6条腿是如何行动的呢？它们采用的是三角架支撑的办法，即一侧的中足

金星步甲

棉蝗振翅

叶甲跳崖逃跑

与另一侧的前足和后足同时着地。当这三条腿后蹬时，另三条腿即抬起向前，十分灵活。万一昆虫受害失掉一两条腿，对行走也无妨，那时它们可像4足动物一样行走，只是速度要慢得多。

笨蝗试跳

红缘粉蝶

昆虫家族中的主要成员——蝶与蛾

蝶与蛾在昆虫分类系统中，属于鳞翅目，为昆虫纲中的第二大目，世界目前已知约 20 万种。其中蛾类 18 万种，共分为 1000 余族，40 余科；蝶类 2 万余种，隶属于 11 个科。本目多数种类有观赏价值，成为近年来人们青睐的类群。

长带灰蝶

蝶　类

蝴蝶具有 2 对美丽的大翅膀，在灿烂的阳光下翩翩飞舞，在树林、田野及花丛间玩耍嬉戏，自古以来就是文人墨客及画家们吟颂的题材。

中国疆域辽阔，地貌复杂，气候适宜，蝶类资源十分丰富，约有 1200 种。其中，以云南省最多，计 500 余种，这个数量与整个欧洲地区产蝶数量相近似，所以云南素有"蝴蝶王国"之称。其次是海南和台湾省，四川产蝶也不少。

蝶类既然与蛾类同在一个目，它们必然有相同的特征：那就是全身均被有不同颜色的鳞片；嘴成为类似钟表发条一样能任意缩进和伸出的喙，称作虹吸式口器；它们均属于完全变态类型。那么，它们的不同点又是什么呢？蝶类通常色泽艳丽，多在白天活动，身体细瘦，触角末节膨大，呈棍棒状，静止时双翅竖立在背上；蛾类的颜色一般较暗淡，多在夜间活动，身体较粗而丰满，触角呈丝状或羽状，静止时双翅覆盖在背上呈屋脊状。依着上述种种特征便可以把它们区别开来。

分类学家较早地把蝶类视为鳞翅目的蝶亚目，现有的学者认为蝶属于锤角亚目的成员。蝶类属于全变态类型。一个世代有长有短，短者数十天，如菜粉蝶；长者近 3 年，如东北亚绢蝶。在 1 年中发生的世代数因种类而不同，有的 1 年 1 代，有的 1 年可发生多个世代。

蝶类的成虫常有变化，如有些具有雌雄异型，就是说雌蝶和雄蝶翅面的颜色和斑纹差异很大，如拟斑紫蛱蝶。某些蝴蝶具有季节型，例如孔雀眼蛱蝶，在不同的季节会出现不同的色彩和斑纹。还有些种类具有雌体多型，就是说雌蝶的色彩和斑纹有多种变化，如多型蓝凤蝶，雌蝶具有 4 型，蝴蝶这种变化常为种类鉴别造成困难，稍有不慎就会把同一种误认为不同的种。蝴蝶的成虫不为害，常吸些花蜜，所以对某些植物的传粉具有一定的作用。

蝴蝶的卵有单产的，也有成片或成堆的，也有叠置成串的。卵的形状亦多种多样，如馒头形、扁圆形、梨形、纺锤形等。卵的颜色因种类不同常有橙色、黄色、绿色、白色等变化。卵的表面有的光滑，呈现珠光；有的粗糙，常有各样纹饰。

蝶类的幼虫有许多是农作物的重大害虫。蛹一般没有茧，多为悬蛹和缢蛹。但有个别种类在地下做土室化蛹，也有的能吐丝做薄茧化蛹。

豆小灰蝶

连珠弄蝶

昆 虫

宽带青凤蝶

大红蛱蝶、云斑粉蝶、白钩蛱蝶

寻麻蛱蝶

分类学家把蝶类分为 11 个科，与经济联系密切的有以下 7 科。

弄蝶科 中小型蝶类，体粗壮，颜色深暗，翅上有白色小斑。幼虫卷叶或缀叶危害。主要危害禾本科植物。农业上重要的种类有直纹稻苞虫等。

凤蝶科 大型蝶类，飞翔迅速，色彩艳丽，后翅常有尾突，很有观赏价值。幼虫具有丫型臭腺，是柑桔、花椒、茴香、胡萝卜等植物的害虫。如柑桔凤蝶、马兜铃凤蝶。

粉蝶科 中等大小，翅多为白色和黄色，上有黑斑纹等，主要为害蔬菜、豆类、苹果。如菜粉蝶、山楂粉蝶。

蛱蝶科 大、中型蝶类，色彩艳丽，飞翔迅速，休息时 4 翅不停地扇动。本科是一个大科。重要害虫有幻紫蛱蝶，为害柳树，苎麻蛱蝶，为害麻类。

灰蝶科 小型蝶类，翅多为蓝灰色、棕红色，表面常呈浅灰色，有很多斑点。常见种类有危害豆类的豆灰蝶、灰蝶等。本科有些种类具有捕食作用，如

眼 蝶

回纹蛱蝶

桔黄凤蝶

单环蛱蝶

榆 蛱 蝶

捕食蚜虫、介壳虫等。

眼蝶科 中等大小，翅的颜色暗而不鲜艳，翅上常有眼斑样的斑纹或圆斑纹。农业上主要的害虫有稻黄褐眼蝶等。

斑蝶科 多为大型美丽的种类，触角上没有鳞片。常见的有金斑蝶，危害夹竹桃。

除上述 7 科外，尚有绢蝶科、蚬蝶科、环蝶科和喙蝶科。

从观赏价值看，以凤蝶、绢蝶、环蝶和斑蝶科的种类为多。制成标本后，色丽形美，可与鉴赏性很强的工艺品相比美。有些单位正在饲养开发。但有些人不顾蝶类资源的枯竭，乱捕、乱捉的情况十分严重。这些蝶的数量原本就少，凤蝶和绢蝶约 100来种，环蝶和斑蝶仅几十种。另外，这些蝶的繁殖力大都比较低，可食的寄主范围亦很窄，多年来农药的滥用，以及栖息地的不断破坏致使珍贵品种数量急剧下降，处于濒危状态，这种严峻情况应引起世人的注意。

豹 灯 蛾

后窗红网蛾

珠红毛斑蛾

蛾　　类

　　蛾类与蝶类同属鳞翅目，显然是一个大家族的近亲，但蛾类成员的数量远比蝶类多，约是蝶类的9倍，中国记录的有近7000种。

　　蛾类通常色泽暗淡，但也有不少鲜艳美丽的个体。它们多数在夜间活动，属全变态类型，1年可发生1代或数代，也有2—3年才完成1个世代的。除吸果蛾之外，蛾类成虫是不危害的。成虫常有雌雄二型，甚至多型现象，如螟蛾科的玉米螟、二化螟。有些种类有季节型，即夏型和秋型。夏型体色浅而鲜艳，秋型体色较深而暗，如黄斑长翅卷蛾。夏型的前翅金黄色，后翅灰白色；秋型的前翅变为暗褐色，后翅灰褐色，稍有不慎会认为是不同的种类。

　　蛾类的幼虫为多足型，称为蠋，绝大多数以植物为食，食叶、潜叶、蛀茎、蛀果、咬根，危害种子、贮粮、干果、药材、木材等，是农林业的重要害虫。

黄带拟叶夜蛾

螟　蛾

莲茸毒蛾

卵多绿色、白色和黄色，形状上通常有两类：一类为椭圆形或扁形，卵的长轴与附着物相平行；另一类为瓶形、球形、半球形、圆锥形、鼓形，其长轴与物体相垂直，卵散产或成块产于寄主植物上或土内，少数产于叶内。蛹除了少数低等种类外都是被蛹。

蛾类的分类较复杂，早时把蛾类视为鳞翅目的蛾亚目，后来又把蛾类分为轭翅、僵翅两个亚目。在现行的分类中，仍常用"大鳞翅类"和"小鳞翅类"的术语。"小鳞翅类"通常指双翅展开其长度在20毫米之下，前翅臀脉2条；"大鳞翅类"是指翅展在20毫米之上，前翅臀脉1条。分类学家把蛾类分成147科。当然，不是专门研究分类的人员想要把庞大的蛾类家族搞清楚是很不容易的，不过接触多了，根据成虫、幼虫的形态及习性把许多种类区别开来也不是做不到的。例如，依据幼虫腹足的多少和位置可以把尺蛾和夜蛾分开。体壁上毛的长短及多少是区别灯蛾、毒蛾、刺蛾、枯叶蛾的主要依据。天蛾腹部第8节背面有尾刺，凤蝶前胸节有丫形臭腺，这些独有的特征最易识别。至于鞘蛾幼虫总是背着1个鞘，蓑蛾躲在护囊内。成虫前翅分2裂，后

乳白斑灯蛾

雀纹天蛾

彩剑夜蛾

翅分3裂的是羽蛾。前后翅都分成6裂的是翼蛾。翅为透明的是透翅蛾。白天飞驰在花间，身体粗壮呈纺锤形的是部分天蛾。触角长过身体几倍的是角蛾。体大、肥胖、翅大，每个翅上有1个眼点的是大蚕蛾。体大型，翅上有黑、白、棕色笋纹的是笋纹蛾。身体微小，色泽单调的是微蛾。稍大一点，银白色的是潜蛾。有金、银斑的是银蛾。翅细长的是细蛾或鞘蛾。前后翅喜欢平放，翅上有无数波纹的是尺蛾。静止时，触角前伸的是菜蛾；前足前伸的是毒蛾；头部上仰的是细蛾。头部贴近物体而尾部上翘的是巢蛾或银蛾，喜欢高举后足的是举肢蛾。

总之，蛾类是农林害虫中最大的一个类群，与国计民生关系极为密切。不过蛾类当中有些种类，如家蚕、柞蚕、天蚕、蓖麻蚕，自古就进行人工放养，是世界上享有盛誉的资源昆虫。

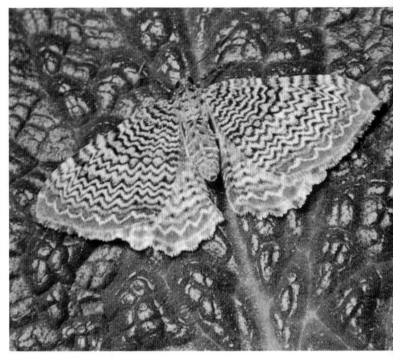

螺纹尺蛾

粉蝶敌蛾

白齿舟蛾

银杏大蚕蛾

175

昆虫之趣

蝶　海

单个的蝴蝶固然美丽，但你可曾看到过几百几千只蝴蝶群集在水沟边饮水戏闹吗？你可曾看到过上

群蝶（蛺蝶）嬉戏

百万只蝴蝶成群结队地迁飞吗？那种情景十分壮观。现已知世界上有200多种蝴蝶能迁飞，迁飞时数量可多达千百万只，迁飞距离可长达400公里。1964年在中国广西天平山一条长约十几米的小水沟两边，发现密密麻麻挤满成百上千的粉绿燕凤蝶在吮水嬉戏，它那半透明多为白粉鳞片覆盖的前翅与多为绿色和黑色鳞粉覆盖的后翅不停地闪动，在太阳光的照射下，老远看去就好像一条荡漾着的绿波，闪熠着白色水花的小溪，真是美极了。1988年7月在中国甘肃榆中县兴隆山风景区就有3次发现大量黄白色蝴蝶组成的约宽百米、长5千米的大长带在空中缓缓飘动，铺天盖地，其气势真犹如滚滚而流的黄河之水天上来。1989年8月中旬在中国河北省坝上高原的尚义县又发现宽2500—3000米，离地面高0.3—300米的菜粉蝶在空中飞行，同时有不少菜粉蝶降落，每平方米多达140多只，高空迁飞的菜粉蝶犹如大片白云飘移，降落的菜粉蝶又好像从天而降的"蝶雪"。在中国台湾这个素有"蝴蝶王国"之称的海岛上蝴蝶群集和迁飞更是令人瞩目，每年都可看见由蝴蝶群集或迁飞在山谷中形成的各种类型的蝴蝶谷。如在翠绿的山谷中集结了几十万淡黄蝶，使绿色山谷变为黄色形成闪动的"黄蝶翠谷"。又如在幽深的绿色山谷中集结着上百万只紫色斑蝶，使山谷骤然由绿色变为紫褐色的"紫蝶幽谷"等，犹如"蝶海"，蔚为大自然的奇观。

蝴蝶群集和迁飞，一般是为了寻找水源、食物，以及以迁飞为阶段性暂缓生殖发育来抵御原来不良

环境，以求在新的良好环境中发育繁衍后代。除此之外，温度、光照周期等气候条件和密度过大，造成的营养条件恶化，刺激影响它们的内分泌系统都可引起迁飞。群集与昆虫体内分泌一种能引诱其它个体的"聚集信息激素"也有一定的关系，即当它们个体之间相互传递并嗅到这种激素气味时，便聚集在一起了。

群蝶觅食

群蝶戏水

绿树蝶花

幼虫

群　　栖

　　昆虫多数是分散生活的，但也有一些昆虫的大量个体群栖在一起生活。这种群栖生活习性的产生，往往是由于有限的空间内昆虫个体大量繁殖或大量集中的结果。昆虫在群栖的地方一般都能获得充足的食料和良好的生活条件，因此，与昆虫对生活小环境有一定选择性有密切关系，这也是昆虫长期适应环境，为了自身的生存和繁衍所需要。

　　有一类群栖的昆虫是暂时性的，就是说它们群栖的现象发生在昆虫整个生活史过程中的某一阶段，当生活条件不适合时，就会分散到其它地方或加入新的个体群中去。如蚜虫常密密麻麻地群栖在植物的幼嫩部分；粉虱也常群栖在植物叶子的背面；芜菁喜群栖在豆类植物的花荚上；红蝽也是群栖在植物叶片上。还有一些昆虫如天幕毛虫的幼龄幼虫群栖在树杈上吐丝的网内；二化螟的幼龄幼虫——蚁螟也群栖生活并危害叶片，至老龄幼虫时又开始分散取食活动，这种暂时的群栖性非常明显。

　　还有一些昆虫长期群栖，也就是说这类昆虫在整个生活史中都群栖在一起，时间较长，群栖的大家族形成后，一般不会再分散了，甚至用人为的方法几乎都很难把它们分散。如群栖性的飞蝗，当它们从卵块孵化成蝗蝻（若虫）后，由于虫口增大，它们这些幼小的个体，便会很机敏地通过视觉和嗅觉器官的相互刺激，呼唤同伴在一起过着群居型的生活，直到羽化为会飞的蝗成虫时，还可成群迁飞、危害庄稼呢！

白粉虱　　　　红蝽　　　　豆蚜　　　　榆毒蛾幼虫

苹舟蛾幼虫　　　　枯叶蛾幼虫　　　　核桃灯蛾幼虫

五彩的体色与斑纹

昆虫在大自然中，身姿丰富多采，特别是鳞翅目的蝶类和蛾类的翅膀更是五光十色，姹紫嫣红，色彩缤纷。它们与大自然融合在一起，显得更加协调，更加绚丽多彩，真好像是能工巧匠编织的图案。人们便为它们起下了许多形象生动的名称，作为永久的纪念，同时也为鉴别昆虫种类，进行科学研究提供了可靠的依据。

在昆虫翅膀的众多图案中，可以看到圆形斑、椭圆形斑、月牙形斑、肾形斑，以及像剑形状一样的剑纹和像波浪一样的波纹，还有像船锚形状一样的锚形纹，像骷髅形状的骷髅纹和像英文字母"V"一样的"V"字纹等等，有的斑点、花纹还会闪耀着金黄色、银白色和蓝宝石般的光泽呢。如有些龟甲的透明翅上就好像镶嵌着黄金般的斑块，闪着耀眼的光芒；锚纹蛾前翅上就装点着两个非常明显的锚形纹；箩纹蛾两对翅上布满了许多箩筐纹，真好似密织的箩筐状。

人们就是根据这些斑纹的形状、多少和分布的部位，结合其它形态特点鉴别昆虫种类的。同时在现代纺织工业中，以及人们的现实生活中，它又为设计者提供美丽轻盈的体态、丰富多采的色谱，从而编织出光彩夺目的花布和制作时尚的服装。同时

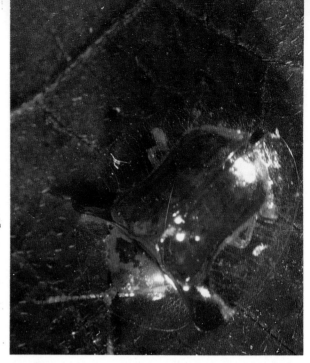

龟 甲

它又是历代文人墨客吟诗作画的极好材料。此外，昆虫身体翅膀的斑纹和色彩对自身的安全还有着十分特殊的作用。有不少昆虫的体色和斑纹与它们生活环境的颜色和寄主上的斑纹十分近似，浑然一体，这样便很难找到昆虫的踪影了。如栖息在与地面颜色极为接近的土蝗；像竹子枝条一样细长的竹节虫；停息在枝干上很像一片带叶脉（实为翅脉）似的枯叶的枯叶蝶；以及体态、斑纹都非常像胡蜂的食蚜蝇。从体态、颜色、斑纹等表现出的拟态具有极好的避敌和保护自身安全的作用。还有一些蛾类翅上具有黄色彩斑，使天敌见后十分惧怕，不敢轻易接近它。又如芝麻鬼脸天蛾胸部背板由蓝色及黑色条纹、黄色斑点组成骷髅状图案，看上去真吓人！昆虫编织的图案真是维妙维肖，耐人寻味。

萝 纹 蛾

锚 纹 蛾

猛禽视猎

在动物中,可说虎为山中之王,许多动物见了它都退避三舍。但对许多小动物来说,真正致命的死敌,倒是鸟类中的猛禽。可是你可曾想到过:有些昆虫却能把一些鸟类,甚至猛禽吓退!它之所以能有如此大的本领,就是由于有些昆虫的翅上生有一对目形斑,能射出像猛禽眼睛一样的犀利凶狠的光泽。其斑纹由不同颜色组成,中间有黑色眼珠和白色眼仁,外边有眼纹,真好像眼睛。如像猫头鹰眼睛的猫目大蚕蛾,足可以把小鸟吓跑!更为奇妙的是有些蛾类的眼纹生在后翅上,时常在前翅下隐藏着,当遇到天敌或惊扰时,突然平展双翅,把后翅可怕的眼纹暴露在天敌面前,使其猛受惊吓,而逃之夭夭,从而避开了天敌的侵害,保护了昆虫的自身安全。如双目圆睁的鸮目大蚕蛾,鸥目大蚕蛾,银杏大蚕蛾和蓝目天蛾等都有这种猛禽视猎、吓敌求生的本领。

天蛾幼虫

鸮目大蚕蛾

天然的时装图案

随着人们生活水平的日益提高，人们的服饰更加讲究，特别是伴随着争奇斗艳的模特登台表演，新潮服饰使人更加赏心悦目。但你可曾想到，早在几亿年前，大自然中就已出现了千姿百态、色彩缤纷，进行着比美竞争的昆虫世界？

看，那只蚪目夜蛾穿着镶白边的褐色衣裙，在两前翅还镶嵌着黑色的蝌蚪样的两个花纹图案，在空中飞舞时极为美丽，试想服装设计师如能模仿它设计出童装，会显得多么活泼可爱。看，那只三色星灯蛾前翅布满了红、黄、黑边的小星点，尤如彩星闪烁，后翅穿着镶黑边的白筒裤，如能模仿它设计出女性的服饰，一定会受到年青女性的青睐。你

再看，那只豹灯蛾，前翅着豹子花斑的宽肩，后翅穿带黑斑的桃红西裤，如穿在青年男子的身上，会显得多么潇洒豪爽。

看，那只紫斑蝶的两对翅像披着蓝色的斗篷，在太阳光的照射下，闪烁着变幻的蓝紫色的光泽，显得多么端庄大方。那只鼠李粉蝶，全身披着金黄色外衣，上面还点缀着4颗红宝石，真是金碧辉煌，既显得光彩，又不失庄重。……

在现代花布和服饰的设计中，设计师已借助昆虫的色彩、花纹设计出许多深受人们欢迎的纺织品和工艺品，甚至有的把整个昆虫制作成胸针、发卡、瓷盘和纪念章等。如果能更深入广阔地挖掘昆虫奇特的构形和色彩，昆虫文化艺术必将得到繁荣发展，并给人们的生活提供更多的美的享受。

旋目夜蛾翅上的旋转纹

蝴蝶翅上的花斑

三色星灯蛾翅上花斑

斑蝶翅上的花斑

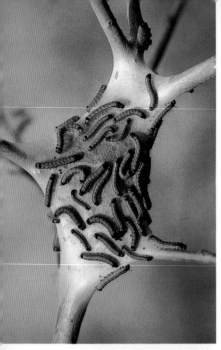

天幕毛虫用丝织的天幕

蓑蛾幼虫用丝缀叶织的袋

黄刺蛾的育蛹室—茧

螳螂的育幼室—卵块

能 工 巧 匠

昆虫的造巢能力很强，有的利用大自然中的多种物质及体内的分泌物，营造成多种形状的颇有点工程学原理的育儿室或作为护身的隐避所；也有的是经取食刺激多种植物后，植物产生抗体形成了不同形状的虫瘿，瘿便成为这些种昆虫生儿育女的巢穴。各种不同形状的巢既对昆虫有着极为重要的生存关系，也成为大自然的特殊点缀，而且这些巧夺天工的"建筑"，对人类有着极有价值的启示。

丝织天幕　卷叶为巢

家蚕吐丝结茧，是要在里面化蛹。这里我们看到的一种毛毛虫，它也能吐丝，结成像帐幕似的巢。因为它的幼虫满身都是毛，而且生来就会吐丝织结帐幕，所以人们给它起了个名副其实的名字，叫天幕毛虫。

天幕毛虫属鳞翅目枯叶蛾科，完全变态类昆虫。常危害桃、杏、梨等果树。有这种昆虫发生的果树枝条上，可看到指环状的卵块。每年果树萌芽季节，黑茸茸的小毛虫便咬破卵壳向外钻，一个紧跟一个地爬上树梢，在细树枝杈上吐丝缠绕，不一会儿，一个用丝织结的帐幕便做成了。后来出卵的小毛虫，也能准确无误地跟上来。白天它们爬到丝幕的外面，好像在作太阳浴。天气变坏或感到有什么天敌来临时，便敏捷地钻到天幕里躲起来。

每到晚上，这些小毛虫便成群结队地离开天幕，爬到嫩叶及花蕾上，毫不客气地嚼起来。吃光一枝，又成群结队地转移到另一枝上，直到天亮，它们才拖着填饱的肚子，结队归帐，睡起大觉来。

它们是怎样毫不费劲地回到藏身的帐幕的呢？只要仔细察看它们爬过的枝条，就会看到一条条亮晶晶的细丝。原来在它们爬过的地方，都留下了痕迹。一只幼虫留下一根细丝并不明显，每只幼虫爬过都留一根丝，便汇集成一条丝织的轨迹，形成了它们回巢的轨道。

天幕毛虫的丝，是从身体里的丝腺体中分泌出来的，再经过嘴下面的管状吐丝器抽出来。随着虫龄的增长，身体发粗长胖，吐出来的丝越来越多，织造的丝幕也就越来越大，可容纳百余条天幕毛虫。

幼虫成熟时，也要吐丝，但它的吐丝目的已不是为了织结天幕，而是为了用丝把选择好的大叶片边缘织结在一起，做成一个饺子形的小窝，钻到里面去。再织一个外层疏松内层严密的茧子，在小窝里睡几天觉，变成棕红色的蛹。不久便变成深黄色的成虫。进行交配后，雄虫完成了一生的职责，雌虫还要忙碌一番，爬上树枝产下卵块。

保育室

昆虫成虫进行交配后，雌虫便寻找适宜后代生存的地方产卵。不同种类的昆虫，产卵方式也不相同。有的单粒散产；有的许多粒产在一起成块状。成块的卵常用各种方法加以保护。如有的卵块上覆盖着分泌物所形成的保护层。有的干脆把卵产在分泌物所形成的泡沫塑料状的卵袋内。

在居室或厨房等处有蟑螂出没，我们常能看到一些个体的后部带着一个近似长方形的棕褐色块状物，这就是它的卵鞘。卵鞘里面包着二三十粒长条状的卵粒。卵鞘的两头钝圆，中间稍扁，上方有一排弯弯曲曲的皱纹。卵鞘产出时并不落地而与腹部末端粘连在一起。雌虫就终日拖带着这袋卵"宝宝"寻食游逛，直到宝宝将要出世时才把它放下来。几天之后，一个个又白又肥的幼儿，便从孵化孔里钻出来。

螳螂俗名刀螂，它的前胸很长，生有一对发达的捕捉足，像一把弯刀。螳螂以捕捉蝇、蛾等昆虫为食。雌虫产卵成块，做得十分精美。在有太阳光的地方，如石头、木块、树枝、树干、枯草上随处都可以找到。卵块长约3至6厘米，宽3厘米左右。颜色金黄，由泡沫状的物质做成。刚产下时较软，不久卵块便渐渐变硬。形状依所附着的地点而不同。但表面总是突起的。整个卵块大致可分为3道纵带。当中一部分由小片做成，双行，如屋瓦一样地重叠着。小片的边缘都有缺口，形成两行裂缝，是做门路用的。小螳螂孵化时就从这里钻出来。

雌螳螂建造的这个很精致的卵块，是产卵时从体内排出的一种粘生物质，同吐丝昆虫排出的丝液相仿，粘质从体内排出后，与空气接触后便可变成泡沫。这种灰色泡沫，起初是粘的，雌螳螂就把卵产在这泡沫上。每产一层卵就盖上一层泡沫，泡沫很快就变成固体，而且变硬。

胡蜂在地下筑的育儿室

赵氏瘿孔象羽化后从瘿中出来

虫瘿

虫瘿是指植物体受昆虫刺吸等刺激后，一部分组织畸形发育而形成的瘤状物。这种昆虫就在虫瘿内居住或繁殖后代，成了一个小的家族。

五倍子是一种有名的中药。它是五倍子蚜虫引起的虫瘿，含有五倍子鞣质、没食子酸、树酯、蜡脂等。除了做中药外，还是重要的化工原料。五倍子蚜虫的生活史和虫态比较复杂。它一生中要在两种寄主植物上生活。第一寄主是盐肤木，第二寄主是提灯藓植物。虫瘿则是五倍子蚜虫的干母在盐肤木的嫩叶上取食时形成的。一般1头干母形成1个虫瘿。干母在虫瘿内取食、生长发育和繁殖。这期

间，随着蚜虫数量逐渐增加，虫瘿不断长大。

虫瘿的形状和大小变化很大，有蛋形、爪牙形、花形、枣形等各种形状。最大的可达65×117毫米。

还有一种叫没食子的中药，也是虫瘿。由瘿蜂（又叫没食子蜂）形成。虫瘿生于根、茎、叶柄、叶片、花和种子等处，一般呈球形。

赵氏瘿孔象在朴树嫩枝上形成的虫瘿，初生时，表皮下组织部分脆嫩可吃，味鲜似黄瓜，在北京它的乡土名为木黄瓜。

胡蜂筑的育儿巢

水 黾

游泳冠军

水黾能六足踏在水面漂游，蹦蹦跳跳，追逐嬉戏，有时来个三级跳远，身上既不沾水，又不会沉入水中。为什么水黾能在水面上漂游呢？这是因为它身体轻盈细小，由六条长而细的足支撑着，使披有一层不会被水浸湿的细小绒毛的身体离开水面，此外，在足的附节上的一排排不沾水的毛也起了作用。足的顶端停留在水的表面张力膜上，由于身体的重力，水面稍微显得向下压缩一点儿。水黾的3对足分工也很明确，前足用来捕食，中足用来划水和完成跳跃动作，后足用来在水面滑行。当水黾通过急流或旋涡时，会尽量伸开足上能折叠的羽状毛群，以便增强滑行效果或高高跳起躲过旋涡。

仰蝽因其有很好仰泳本领而得名。它不但能在水面仰游，而且能在水中自如地上下翻滚和沉浮，有时还能来个百米冲刺捕捉鱼苗。仰蝽之所以要仰泳，原来是因为它的呼吸气孔长在腹面。在腹部有两条顺着腹面凹下去的浅槽，每条槽的两边各长着一排稠密的不沾水的长毛。毛紧密地向下斜排着，盖住中间的浅槽，形成一条通向尾部的管道。管道的顶端，有像活塞一样的毛丛，呼吸时毛丛打开，潜入水中时毛丛自行关闭，防止水灌入气管内。当要换气时，便游到水面，腹部朝上仰着，并把尾部稍微翘起，穿破水的表面膜，并用前足和中足把身体支撑在水的表面膜中，进行呼吸。这时有长毛的后足，

下降到稍微低于身体平面以下，还轻微地挠动几下，这样能使它长时间仰浮在水面上。

仰蝽身体内有气管和贮气腔，能贮存供呼吸用的氧气。此外，翅鞘下的空间及触角上也能贮存空气，用来补充贮气腔中氧气的不足。这样仰蝽便能较长时间潜在水下。

龙虱是昆虫中的潜水家，有很强的潜游本领。它的前翅坚硬，像披着一件流线形的盔甲。盔甲不但保护了身体，同时也保护了翅鞘下面的贮气囊和通向体内的气管。龙虱停在水面，当前翅轻轻抖动时，先把体内的污浊空气从气管中排出一部分，然后，利用气囊中的收缩压力，吸入新鲜空气。这样，呼了吸，吸了呼，反复交替，使气管和气囊中的空气不断更新。龙虱就依靠贮存的新鲜空气，较长时间潜入水中。当氧气将要用完时，龙虱就游出水面，重新呼出废气，吸入新鲜空气。

龙虱成虫在水中猎取鱼为食

白腰天蛾

奇异的昆虫

昆虫无奇不有，有的以体型大小著称，有的以身体构造独树一帜，或有独特的习性及育儿现象，可以说千姿百态，妙趣绝技相辅，组成昆虫生命护卫。这是为适应生存而长期演化的自然现象，而且随着时间及大自然的变迁，新的之最还会层出不穷。

体型最大的昆虫

大 螽 斯

昆虫之中体型最大的可算是乌桕大蚕蛾，把它的双翅展开，宽可达18—22厘米。由于它体形大，色泽绚丽，五彩缤纷，双翅扇动似孔雀开屏，被举为"凤凰蛾"。

乌桕大蚕蛾是一种喜温惧寒的

昆虫。在中国长江以南，横断山以东的四川峨眉山、广西桂林、云南大理、西双版纳、湖南大庸、浙江天目山、福建武夷山、江西庐山、广东鼎湖山、海南等旅游胜地，都可见到其行踪。在5、6月和8、9月间的夜晚灯光下，可见这种大蚕蛾趋向灯火，绕光飞舞，远看似蝙蝠，近看像飘游的花朵。

乌桕大蚕蛾属于鳞翅目，蛾亚目中的大蚕蛾科。幼虫取食乌桕、樟树、柳树、合欢、冬青、桦木等树的叶子。一头幼虫一生取食鲜叶可达3千克，所以，它是林木的大害虫。老熟幼虫虽能吐丝结茧，但其茧丝粗糙，含胶质较多，而且结茧分散，不易收集，也就没有多大经济价值。

在成虫活动的季节，捉几只成虫制成标本，镶嵌在有衬托背景的镜框中，独自观赏或馈赠亲友，可称珍品。

身体最长的昆虫是产于婆罗洲的一种竹节虫。它的雌虫从头到尾不包括触角，长达33厘米。若伸展其前后腿，加上触角，整个身体足有40厘米长。在中国广西也有一种较长的竹节虫，它的体长达24厘米，在中国是最长的。

竹节虫又称竹蜻，属竹节虫目，不完全变态昆虫。其头不很大。有一对丝状触角。咀嚼式口器。身体和腿又细又长。前翅变成革质，很短，称为覆翅。后翅为膜质，折叠起来藏在覆翅下面，只有在飞翔时才展开。有些种类的翅完全退化，但腿很发达。静止的时候形状像竹节或树枝。它的体色也同周围植物的颜色一样，多数为绿色或褐色，或带有黄色的斑点。假如不是特别仔细地寻找，即使是在眼前也不容易发现它。

杆蜻

竹蜻（竹节虫）

角蝉与树刺

奇峰怪角

牛、羊头上长角，司空见惯，不足为奇。但一些昆虫身体长出奇峰怪角来，似乎就觉得奇特了。图中你看到的是其中三种头上长角的昆虫。

同翅目角蝉科的昆虫，属不完全变态类。它们身体上长的角，多种多样，千奇百怪。生活在美洲的角蝉，头上长着许多灯伞形的角盘，每个角盘四周布满一圈小刺，很像一盏盏小灯笼，曾被人误认为是发光器官。生活在热带的角蝉，它们的前胸背板上有各种各样的古怪的奇峰。有的向上方伸出，高出身体数倍，上端还分出枝叉。当它停息在枯树枝条上时，使人难以辨认。有的前胸向后上方伸展，形成两个倒钩，很像倒挂着的船锚。它们悬钩在树上生活，是为了借助树茎上的倒钩刺来隐蔽自己。

角蝉身上的这些奇峰状的角是作伪装用的，只要你不直接去触动它，它们不轻易爬动。

有一种体型较大的甲虫，它的头部向前伸出很长，相当于同类昆虫的10倍。它的前端分叉，形成独特的角，因此给它起了个独特的俗名——独角仙。独角仙又叫犀角金龟，属鞘翅目，金龟甲总科，独角仙科，完全变态昆虫。

独角仙并非独角。它的前胸背板上还有一个坚硬特化的突起，而且顶端部分成像鹿角一样的叉，与头上的角前后呼应，看上去样子很威武。角长在头上，但与取食却毫无关系，有时还妨碍取食。

这种甲虫喜欢飞到河溪岸边柳树或榆树上的伤疤处外溢的胶液上停息取食。此时若早已有其他昆虫趴在那里觅食，它来到后就会用头上的角进行冲撞，驱赶，有时还像铲车一样，用角把其他昆虫推开，独自嚼吮树上的胶液。

只有雄虫头上才有角，雌虫头上几乎看不见角。当雌雄虫进行交配时，如果有另一只雄虫飞来争抢配偶。两只雄虫就要展开一场搏斗，武器就是头上的角。

生活在寄主上的群集角蝉

大白蚁的兵蚁

锹甲利用大颚搏斗

大颚的用途

一般昆虫的大颚（牙）都是用来咀嚼食物的工具。但一些昆虫的大颚已演化成为抵御外敌和争夺配偶时格斗的武器，失去了取食的功能。

锹形甲，雄虫上颚特别发达，顶端部分出许多长齿，形状很像鹿角，所以有人又叫它鹿角虫。它属鞘翅目，金龟甲总科，锹甲科。

锹形甲身体笨拙，大颚极不灵活，常常在与对手临阵时退避三舍。有时来不及逃跑，它就收拢六足，假装死态，垂落地上。但在同族之间，特别是两个雄虫相遇时，总要厮杀几个回合。用它们那对鹿角形的大颚，相互冲撞或相互钳夹、拨挑。有时候四颚相绞，难以分开，形成鹬蚌相争之势，常使捉虫者得利。

大多数种白蚁的兵蚁都有发达的上颚。而且额部突出颇长，呈管状或锥状，特称额管。在额管尖端开孔处能放出有毒液体。这发达的上颚和那能分泌毒液的额管，是兵蚁作战时的有力武器，对于蚁群能起到保卫的作用。当白蚁蚁群受到惊扰时，往往可以见到大量兵蚁集中于出事地点，对外来的侵犯进行抵御，甚至冲出袭击。除保卫作用外，兵蚁是不参加群体内的各项建设任务的。而且，由于口器特化的缘故，兵蚁已失去自己取食的能力，需要由工蚁喂养才能生存。但产于澳洲的一种白蚁，除起保卫作用外，还有指导工蚁在地面活动以及侦察新鲜食料的作用。

白蚁属等翅目白蚁科，不完全变态昆虫。社会性群体生活。卵孵化后，幼虫分化，分别发育成若虫、工蚁和兵蚁。然后由若虫发育成有翅成虫。有翅成虫脱翅便成为蚁王和蚁后，交配产卵。这是繁殖型个体。工蚁和兵蚁都没有生殖能力，属无繁殖型个体。

大颚锹甲

龙眼鸡

191

昆　虫

灰天牛

触角最长的昆虫

　　昆虫活动的时候，头上的两个触角总是上下左右不停地摆动着。这是为什么呢？因为触角是昆虫身体的触觉器官和感觉器官的集中场所。通过摆动触角就像雷达那样，东察西探，不仅可以帮助昆虫寻找食物，探明身体前面有没有障碍物，而且还可以帮助它们寻找配偶。

　　说及触角的长短，常是拿它同它的身体的长度相比较的。绝大多数昆虫的触角长度都不超过它的体长。而天牛类昆虫的触角一般都比较长，多数超过它的体长。长角灰天牛是发现在中国东北和华北地区松树上的害虫。它的体长只有15毫米，但雄虫的触角却长达75毫米，为体长的5倍，是天牛中触角最长的种类。这种天牛身体棕黑色，长满灰色绒毛。胸背部有金黄色斑纹。触角锯齿状。每节都有棕红色环状斑纹。雌虫产卵于松树的树皮缝内。幼虫孵化后钻入韧皮部为害，使木质部与树皮脱离，不能运输水分及养料，树木就慢慢枯死。常给绿化和造林事业带来很大危害。

　　长角蛾是鳞翅目长角蛾科昆虫的总称。它触角也特别长。雄虫的触角比雌虫发达。雌虫的触角为其翅长的1.25—2倍，而雄虫的触角可达翅长的4倍，是鳞翅目昆虫中触角最长的一种蛾子。雄虫的触角因为特别发达，所以嗅觉也特别灵敏。它能嗅到几公里外未交配的雌蛾发出的气味(性信息素)而迁飞追寻到雌蛾。

　　长角蛾多在白天活动。聚集在植物花上或停留在叶上。有时傍晚群集飞舞，少数有趋光性。幼虫潜入叶内，或蛀花和种子。老熟幼虫则将叶做成囊，在其中化蛹。危害草本植物和灌木。

树螽若虫

长角蛾

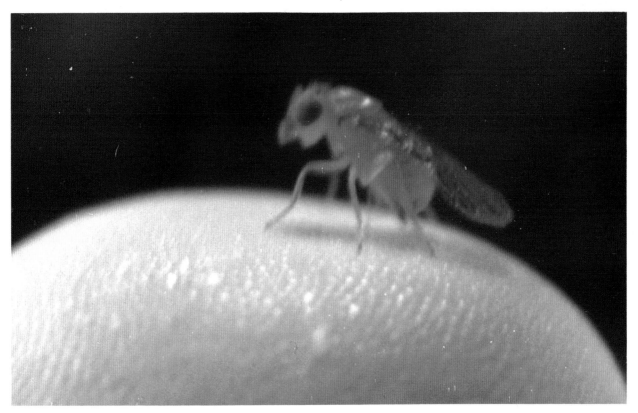

赤眼蜂在柞蚕卵中产卵

体型最小的昆虫

最小的昆虫是缨小蜂科的一种小蜂。它的体长只有 0.21 毫米，与最长的竹节虫（体长 330 毫米）比较，二者大小相差近 1600 倍。

赤眼蜂也是最小的昆虫之一。体长为 0.3—1 毫米。因为它们的复眼都是赤红色的，所以称为赤眼蜂。

别看它体积很微小，在防治害虫方面却起着重要的作用。

赤眼蜂是卵寄生蜂。它的雌蜂腹部有一针刺状的产卵管，可以插入害虫卵内产卵。一头雌蜂可产卵数十粒。蜂卵在害虫卵内孵化为幼虫，幼虫取食害虫卵内营养物质、生长发育、化蛹，直到羽化为成蜂后才咬破害虫卵壳，飞出来活动。害虫的卵被赤眼蜂寄生后，再也不能孵化出害虫来了。

利用赤眼蜂防治害虫，就是在害虫产卵的时期，把人工培养繁殖得到的赤眼蜂散放出去，让它在植株上寻找害虫卵寄生，帮助我们消灭害虫，一般都能达到消灭虫卵 80% 左右或更高的效果。现在在中国有很多地方都在利用赤眼蜂来防治蔗螟、松毛虫、玉米螟、棉铃虫、稻纵卷叶螟等农、林上的重要害虫。

绒茧蜂是另一类较小的蜂。它寄生在害虫的幼虫或蛹内。雌虫找到寄主后，骑在其上，以细长的产卵管插入寄主体内产卵。卵孵化后，幼虫在寄主体内取食营养物质，生长、发育。幼虫成熟时，钻出寄主体外结成许多堆砌密集的小茧。

微蛾是蛾类中身体最微小的种类，体长 2 毫米左右。眼上有一般大蛾类所没有的眼罩。微蛾把卵产在叶面上，孵出小幼虫后，即潜入叶片组织的中间层内进行取食，有时引起虫瘿。幼虫老熟时，从叶肉爬出落地化蛹、越冬。次年春天再羽化为成虫。

微蛾在中国分布很广，从北方的小兴安岭到云南的西双版纳都有发生。它是林木或果树的害虫，同时也危害草本植物。

灰 斑 象

似 象 非 象

若问什么动物的鼻子最长?我们都会争着回答:"大象的鼻子最长。"但是,如果以身体的长度与它的鼻子长度的比例作为衡量的标准,大象的鼻子就显得逊色了。有种叫象鼻虫的昆虫,在它们的头上,有个比身体还长的鼻子。

长颈象虫属于鞘翅目象虫总科卷叶象科,完全变态昆虫。象虫的鼻子实际是它的喙,由额向前延伸而成,喙的端部有嘴。喙特别长,尤其是雄虫更为突出,在昆虫中别具一格。颈部特化更显得格外细长,一般长过身长 2—3 倍。长颈象虫不仅喙长,而且很漂亮。体色鲜艳具有光泽,其上还点缀着各种不同形状的斑纹,也像长颈鹿那样,扬着"脖子"左顾右盼,看上去好不神气。

长颈象虫的雌虫产卵后,用树叶把卵卷得紧紧的。卵孵化后,幼虫在叶卷中取食树叶,生长发育。幼虫老熟后,从树上爬到树根周围的土壤中化蛹。

长颈象虫的幼虫类似蝇蛆,白色。有的无足。主要危害阔叶树、果树及农作物。

蛇蛉属蛇蛉目昆虫。看上去它也有长长的"脖子"。但那是它细小如颈的后头部和狭长的前胸连在一起的结果。因其身体的头胸部分似蛇样,故而得名为蛇蛉。

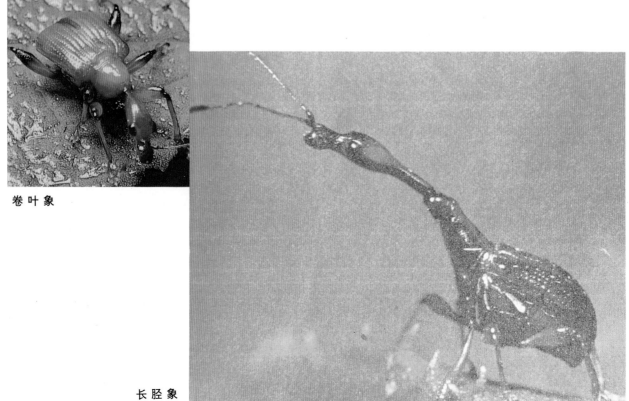

卷 叶 象

长 胫 象

侧柏蚜在用长喙吸食

觅食的长嘴巴

昆虫的嘴长在头的前下方，一般嘴的长度仅为头的⅓。可是有的昆虫为了适应其生活，嘴巴便演化成奇特的长形，要比身体长一倍。

你看，图中的长喙天蛾正利用它的长嘴（喙）在空中停栖着吸食花蜜。它的嘴怎么能吸食到花朵深处的花蜜呢？原来它的嘴长得像一根中间空的钟表发条，用时能伸开，不用时就卷起来。它们吃东西时，不用咬也不用刺，专门靠惯性力虹吸。如同我们用麦秆吸食瓶子里的汽水一样。这种由很多圆环紧密排列成像钟表发条似的嘴是由前面的一对大牙演变成的。每个环节之间由有弹性的薄膜连接着，能伸能屈。下唇变成向前伸的带有长毛的须。这种类型的嘴叫虹吸式口器。

一般蚜虫的嘴长度只到中、后足的基节。而柳长喙大蚜的喙竟有体长的2倍以上。属同翅目胸喙亚目，不完全变态昆虫。身体呈椭圆形，乳白色，长5—6毫米，是蚜虫中体形最大的种类。在北京的园林和人行道柳树上经常可以见到。它栖息于向阳一面的树干伤疤处或在根部吸食植物汁液。它的嘴紧贴在前足基节之间，像一个空心的注射针头，吃东西的时候，把针状的口器插到植物的皮里面，吸取皮下的汁液。这种口器的构造很巧妙，原来的上下唇演变成一个中间空的圆管，上颚和下颚并在一起演变成一支中间空的吸针。平时吸针藏在由上下唇演变成的圆管里，吃东西的时候就伸出来。这种类型的嘴叫做刺吸式口器。

采集这种蚜虫比较容易，看到大量蚂蚁在树干或根部忙碌奔走，这就是有此种蚜虫的征兆。因为蚜虫排泄的粪便，味甜如蜜，是蚂蚁和一些昆虫的可口食物，因而常招来蚂蚁等昆虫作客。

芋单线天蛾伸出长喙采蜜

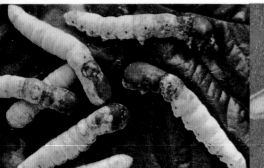

家蚕幼虫

家蚕蛾及丝茧

吐丝最长的昆虫

许多昆虫的幼虫，长到老熟时都吐丝结茧，把自己包裹起来，在其内化蛹。它们吐出的丝有些很好，可为人们所利用，有些则没有什么价值。世界上可利用的吐丝昆虫（绢丝昆虫）约400—500种，但至今真正用于商业性生产的只不过8—9种。

家蚕又称桑蚕，是我们最熟知的绢丝昆虫。早在三四千年前，中国的祖先已能用蚕丝织造出质地精美、技艺精湛、被人们称赞为"纤维皇后"的丝绸来，以后又远销世界各地，形成了著名的中西交流的"丝绸之路"。

家蚕属鳞翅目蚕蛾科，完全变态昆虫。原为野生种类，后经驯化为家养。因此，与野生时有了较大的变化。它的成虫虽有翅，但已不善飞翔；用来取食的嘴也已退化。

在所有的绢丝昆虫中，家蚕吐出来的丝最长。它的老熟幼虫身体内有一套结构完整的造丝系统——丝腺体。它与头部下面的吐丝泡（又叫挤压器）相连接，由这些部件组编成一台天然的纺织机。一只老熟幼虫体内的丝腺体，要比它的身体长5倍以上，并与贮存丝液的袋状囊相通。蚕儿吐丝时，头上的肌肉不停地伸缩着，将丝腺体中的丝液抽压出来。丝液与空气接触，便变成细长洁白的丝。

家蚕吐丝结茧时，它的头总是时高时低，并不停地左右摇摆着。如果你仔细观察，便会看到蚕儿吐丝时，是将丝绕成一个个排列得很整齐的"8"字形丝圈，每织20多个丝圈，叫作一个丝列。这时蚕儿便会很自然地移动一下身体的位置，再继续织造另一个丝列。当茧的一头初具规模时，它会把身体转个180度的大弯，开始织造丝茧的另一头。因此家蚕茧的样子都是两头粗中间细，很像一颗带壳的花生。一只蚕儿织好一个丝茧，需要移动250—500次位置，编织6万多个"8"字形丝圈。每个丝圈平均有0.72厘米长。蚕儿就是这样不停地织呀织的，一生中一般要抽出约4320厘米长的丝来。

除了家蚕外，比较有名的绢丝昆虫有柞蚕、天蚕、蓖麻蚕、樗蚕等。

樗蚕幼虫

樗蚕成虫

野蚕幼虫

柞蚕成虫

197

发光最强的昆虫

说到发光最强的昆虫，我们很快就能说出是萤火虫。确实，几千年前人们就对萤火虫发光感兴趣。中国古代还传颂着有人借萤光刻苦读书的故事，不少诗人曾用诗赞叹过它。

那么萤火虫怎么会发出光来呢？原来在萤火虫雌成虫腹部的最后三节上有发光器官。前面二节中每节下面发出来的光成宽带形，最末一节发光部分只有两个小点，光亮从背面透出来。这些带和点上发出稍带蓝色的白光。发光器官由发光细胞和有反射作用的反光细胞组成。发光细胞中装满叫做线粒体的小颗粒，它能把身体里的营养物质氧化成含有能量的物质。另外，发光细胞中还含有两种特殊的

能发光的物质——萤光素和萤光酶。萤光素和含能量的物质结合后，在氧气充足时经萤光酶作用，化学能便转变成光能，然后由反射细胞把光反射出来。由此可见，萤火虫发光是它身体内特殊物质氧化作用的结果。在发光带附近有气管，上面有许多小分支，这是萤火虫的呼吸器官。通过控制进入气管的空气的多少，它可以控制发光的强弱。流入气管的空气增加，光度就变得更强，若空气输送减少或停止，光度就变得微弱甚至熄灭。

雄虫没有雌虫特有的两条发光带，只有最末一节的两小点发光部分。不但会飞的成虫能发光，而且卵、幼虫和蛹都能发出不同亮度的光来。

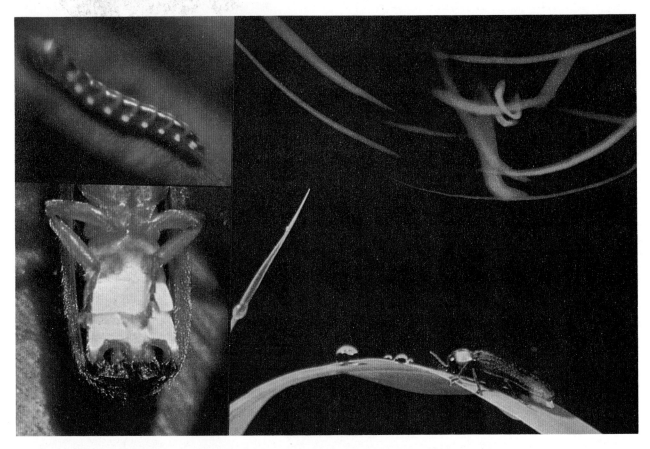

左上是花萤科昆虫的雌虫，它也会放光　而其成虫仍保持幼虫时期形态。左下是萤火虫腹下发光器。
右是一只静止萤火虫及其它飞行的萤火虫的光迹。

至于萤火虫为什么要发光，目前看来，成虫发光是同种之间求配偶的信号。幼虫发光则是用来集聚同类，或借光来寻找食物。至于卵和蛹的发光作用，有人认为这是起着防御天然敌害的"警戒"作用。

虽然中国古代有借萤光读书的记载，但萤火虫的光是稍带蓝色的白色冷光，平静且柔和，范围很狭小，看久了就会感到疲劳。

鬼 脸 天 蛾

一看鬼脸天蛾这个模样，你一定会感到十分可怕。它的成虫胸部背面是由红、黑、白、黄、棕多种颜色组成的奇特斑纹，形状极似骷髅，看上去让人恐惧。它的名称就是由此而来的。

鬼脸天蛾不但胸部斑纹使人望而生畏，就连它那宽大苍劲的前翅上，也布满黑、白、黄各色交织成的图案，好似庙宇中壁画上的天际云雾；黄色的后翅上，间杂着海浪状的墨蓝色波纹，又似大海波涛翻滚；粗壮的腹部，镶饰着黑条、黄点、蓝斑，似虎又像豹。怪不得曾有人把天蛾称为"人面兽身的怪物"。

鬼脸天蛾成虫体长60毫米，把它的翅膀展开可达120毫米。这种天蛾的巨大体型，加上让人畏惧甚至憎恶的色彩，还有受惊时靠腹部体节间的摩擦发出来的吱吱怪声，使天敌不敢冒犯，从而得以保护自己。因成虫翅宽广，脉纹粗壮，可在天空中长距离飞行数百千米而不着陆，故有天蛾之称。

鬼脸天蛾属鳞翅目天蛾科昆

鬼脸天蛾成虫全貌

虫，完全变态。幼虫以茄子、芝麻、胡麻、梧桐等植物为食料。在中国一年发生一代，以蛹在地下土室中越冬。由于入土深浅不一，来年羽化时间便拉得很长，从6月下旬到8月间均可采到成虫。成虫夜间活动，有很强的趋光习性，白天隐居于寄主叶背。成虫产卵于寄主叶片上，一般一处一粒。这也许是由于幼虫体型大，吃得多，作母亲的为了照顾儿女的生存而精心设计的吧！由卵中孵化出来的小幼虫，要经过4次脱皮换装的过程才能长大。幼虫阶段的主要任务是吃，只有贮备了足够的营养物质，才能为下一步变成蛹和成虫创造条件。

鬼脸天蛾分布在中国长江流域以南及台湾省；在日本、印度、斯里兰卡、缅甸等地也有记载。

鬼脸天蛾骷髅形胸背纹

阴阳凤蝶

缨翅蛾

罕见的昆虫

昆虫中有许多种类是极为稀有罕见甚至鲜为人知的。由于大自然经过亿万年的变迁,经过自然选择,有些昆虫种类的数量变得非常少,就成了稀有珍贵的品种,被人类定为珍稀濒危的昆虫。有些昆虫种类由于生活在离人际很偏远的高山、湖泊等特殊环境中,身体长得非常奇特,人们极难发现它们,而成为珍奇的稀有昆虫。还有的由于一些昆虫具有特殊的生活习性和生活方式,难以为人们所知或发现,因此,也属罕见的昆虫。

十分罕见的阿波罗绢蝶,前翅点缀着黑斑,后翅镶嵌着4颗闪烁黑红两色光环的晶莹宝石般的斑环,十分美丽。它在世界其它地方已经绝迹,只有在中国的新疆才能见到,真可称为活化石。那只虎视眈眈的硕壮的中华凤蝶,更是中国特产,并已被列为世界稀有濒危的保护昆虫。

还有雌雄嵌体的昆虫,如黑缘橙粉蝶的雌雄嵌体,它的右翅保持着雌性灰白色带黑斑的特征,而左翅则保存着雄性橙黄色带黑绿的特征,同时在左前翅和左后翅前缘区还嵌入雌性的特征,这种在同一体躯上,同时具备两性特征的雌雄嵌体,可谓大自然的杰作,十分珍贵。

你看,那只在空中徐徐上升,飘飘然的缨翅蛾,飞翔得多么平稳悠闲。它宽阔的翅膀和在后翅后缘长出的许多柔软密实的长缨毛,在空中飘逸,犹如无数飘带,这对它的平稳升空,或许起着平衡和推动作用。有一种身体很小的寄生蛾，与一般蛾类不同，它一生非常懒惰，但却很会找窍门，这种寄生蛾一般把卵产在地衣上，幼虫把地衣作为它们一生的食物，从此它再也不动，一直过着寄生的生活。那些像圆珠状的小东西是珠绵蚧，它们能在土里生活 8 年之久。它们为什么能生活那么久呢？其奥妙是，若虫孵化后身体能分泌出蜡质，形成硬的外壳，减少外界不良环境影响。……昆虫世界罕见的东西还真不少呢！

澜沧蝽成虫

澜沧蝽若虫

羽 蛾

榆凤蛾幼虫

叶 形 蝽

蜉蝣

蚤 蝼

被虫草菌寄生的扁刺蛾茧

冬虫夏草

冬虫夏草这个名字叫得多么奇特而美妙！顾名思义是否是像人们传说的那样，它冬天是虫夏天变草呢？这个问题需要先看看它是什么昆虫，怎样生活和生活在什么环境，以及怎样发生变化的就清楚了。

冬虫夏草一般在自然界很难见到。它是一种名贵的中草药，与人参、鹿茸并列为三大珍品，有益肺肾，补精髓，止血化痰的功用，是极好的滋补剂。

它原是生活在中国高山3000—4500米临近雪线的鳞翅目蝙蝠蛾科的蛾子的幼虫，它蛀食草丛中的珠芽蓼植物的根茎，以幼虫越冬。幼虫被一种虫草真菌寄生后，虫体便僵硬而死，虫草真菌以虫体为营养，并大量繁殖，在夏天从虫体头部长出棕色棍棒状的子座，很像长出地面的一根草，将此子座与连接它的虫体一起挖出，就是一棵冬虫夏草。未被虫草真菌寄生的幼虫不久便化蛹，并羽化出前翅带黑、白花纹的蝙蝠蛾。这种蛾是比较原始的蛾类。一般在黄昏时在草丛间左右摇摆飞行，交配后产卵，初为乳白色，以后逐渐变为黑褐色。

由于野生的冬虫夏草只在中国四川、青海、云南、西藏少数省区分布，药源并非很多，应合理开发，注意保护。

除此之外，金龟子幼虫、刺蛾蛹、蝉若虫等昆虫都有被真菌寄生的记载。如蝉花（若虫被真菌寄生）等都已是中国传统的中药。随着现代医学的飞速发展，古老的中医药必将进一步焕发出青春，为人类的健康做出更大贡献。

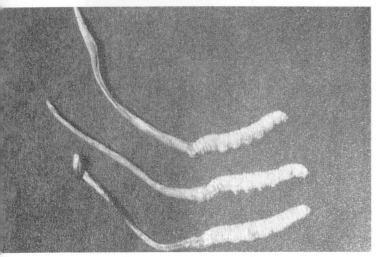

虫草蝙蝠蛾幼虫被寄生虫体

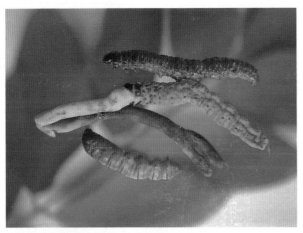

虫草蝙蝠蛾幼虫、蛹

虫草蝙蝠蛾成虫